集英社オレンジ文庫

龍貴国宝伝

蝶は宮廷に舞いおりる

希多美咲

本書は書き下ろしです。

目次

イラスト／甲斐千鶴

龍貴国宝伝
りゅうきこくほうでん
蝶は宮廷に舞いおりる

序章　魂縛

　あれは、暑い夏の日のことだった。

　幼い李硝飛は、家の近くの川で一人遊んでいた。最初は友と一緒に遊んでいたのだが、何がきっかけだったのか二人は珍しく激しいケンカをしてしまい、友だけが先に家に帰ってしまったのだ。

　寂しさを押し殺して水遊びをしていると、夕暮れ近くになって商人のような男が川原でじっとこちらを見つめていることに気がついた。

　生来警戒心が薄く、人懐っこかった硝飛は、気になってつい男に声をかけてしまった。

「おじちゃん、そこで何をしてるの？」

　すると、男は虚ろな目でぼんやりと答えた。

「探し物をしているんだよ」

「探し物？　それって大事な物なの？　俺も手伝ってあげようか？」

「いいのかい？」

「うん。川の中に落としたの？」

　硝飛は川から上がって男に近づいた。すると、突然男は硝飛の腕を掴み、ザブザブと川の中に入っていった。

「お、おじちゃん!?」

　戸惑う硝飛に構わず、男はどんどん深みへと向かっていく。子供の身長では、もはや息をするのも困難になり、硝飛は必死で暴れた。

「放して、おじちゃん！　溺れちゃう！」

　泣きながら懇願するが、男はもの凄い力で硝飛の頭を押さえつける。

「そうだ、君だよ！　私は君を探していたのかもしれない！」

　男がそう言った直後だった。何者かの手が硝飛の腕を掴んだ。

　見るとよく知る友の顔ではないか。ケンカをして家に帰ったはずの彼がなぜか川の中にいて、必死に硝飛を男から引き離そうとしている。

　あがく二人に業を煮やしたのか、男は友の頬を殴った。一瞬、気を失った彼の手が硝飛から離れた。いくらか流されたが、友は水面に顔を出すと、再びこちらに泳いできた。

「硝飛！」

「林迅！」

　暴れまくって水面から顔を出し、硝飛は大切な友に手を伸ばす。

二人の手が繋がった時、なんと男は林迅の腕に嚙みついた。

「――っ！」

「林迅！」

痛みに顔をしかめた林迅だったが、けっして硝飛の手を放さなかった。

男は硝飛の顔を押さえつけ、なんとしても水中に引きずり込もうとする。絶体絶命だと思ったその瞬間、どこからか一枚の呪符が飛んできて、男の額に貼り付いた。声にならない悲鳴を上げて、男は硝飛から離れる。

その隙を狙ったのか、一人の青年が川に飛び込み、硝飛と林迅を陸へと引き上げてくれた。

「大丈夫かい？」

細身の青年は心配そうに少年たちの顔を覗き込んだ。彼は道袍を着て冠巾をかぶっている。きっと道士なのだろう。

「俺は大丈夫！　でも、林迅があいつに殴られて嚙まれたんだ！」

すがるように青年に助けを求めると、青年は林迅の腕を見て微かに笑んだ。

「大丈夫。傷は負っていないよ。幻覚を見せられたんだ」

「幻覚？」

動揺しながら川を見ると、硝飛を水中に引きずり込もうとした男は悔しそうにじっとこちらを睨んでいる。

「あれは幽鬼だ」

「幽鬼？」

「死んだ人間の霊だよ」

死んだ人間の霊と聞き、硝飛はゾッとした。

「何か悔いを残していたり、恨みを抱えたまま死ぬと人は幽鬼になってしまうことがあるんだ。ちゃんと埋葬されていなかったり、埋葬されていても怨念の強い死人は特に幽鬼になりやすい」

そう言うと、青年は右の人差し指と中指でなにやら宙に描き出した。どうやら印を結んでいるらしい。

「うん、どうやらこの川に思い残していることがあるらしい」

「何かを探してるって言ってた」

「そうか。君はそれを手伝おうとしたんだね」

「うん」

青年は「なるほど」と呟き、硝飛を背負って立ち上がった。

川下の方へ歩き出した男に、林迅も黙ってついてくる。

「お、お兄ちゃん、俺一人でも歩けるよ」

気恥ずかしくてどうにか背から下りようとすると、青年は真剣な声で言った。

「君はあの幽鬼に魂縛されているからね。私と離れると危ないんだ」

「魂縛？」

「霊感が強かったり、感受性の豊かな人間が幽鬼に同情したりすると、魂魄がその幽鬼に縛られてしまうんだ。それは一種の呪いみたいなものでね。いったん魂縛されるとその幽鬼の願いを叶えてやらない限り、魂魄は自由にならない」

「魂縛が解けないとどうなるの？」

「放置していると、己の魂魄が幽鬼に引きずられて死後の世界に行ってしまうんだ」

「えっ？　つまり死ぬってこと？」

「まぁ、そうだね」

硝飛がギョッとすると、林迅が硝飛の服の裾を摑んだ。

「あの幽鬼、ついてきてる」

言われて振り向くと、幽鬼は水滴を落としながら、ひたひたと一定の距離を保って三人の後をついてきていた。服を摑む林迅の手の力が強くなった。硝飛が幽鬼に連れていかれまいと警戒してくれているのだろうか。

「林迅……」

そういえば、林迅とはケンカをしていたはずだった。家に帰っていたのに、どうして助けに来てくれたのだろう。尋ねると、林迅はまっすぐな目で硝飛を見た。

「お前の帰りが遅いから迎えに行った。日が暮れるまで川で遊んでいたら危ない」

そう言われて、硝飛ははにかんだ。林迅とはケンカをしてもいつもこうして自然と仲直りができる。しかも、彼は命がけで硝飛を救おうとしてくれた。それがとても嬉しかった。

「ありがとう、林迅」

「たいしたことじゃない」

そっけない言い方だが、硝飛は知っている。林迅はただ照れているだけなのだ。

しばらく川沿いを歩いていると、ふと青年の足が止まった。

「ここら辺だな」

そこは一歩入れば鬱蒼とした森林に繋がっている場所だった。川の水は森林の中へ向かって流れていた。青年は硝飛を下ろすと再び印を結んだ。そして、何かに気がついたようにザブザブと川の中へ入っていく。

「いた……」

青年はそう呟くと、離れたところにいる幽鬼に向かって声を張り上げた。

「お前の探しているのはこの子だろう?」

そう言って彼が川から上げたのは、小さな頭蓋骨だった。人の骨など見たのは初めてだったので、硝飛は思わず林迅の手を握りしめた。

「お前の子か？」

青年が問うと、幽鬼はフラフラと川に入り、小さな頭蓋骨を受け取った。

「ようやく見つけた。三渓(さんけい)」

涙ながらにそう呟くと、幽鬼は暗い光と共にスッと消えていった。後に残された頭蓋骨を見つめ、青年は小さく息を吐く。

「お兄ちゃん、それ……」

硝飛が尋ねると、青年は川から上がってきた。

「心中者さ。たぶん、あの幽鬼は子供と無理心中したんだろう。だけど、身体(からだ)が離ればなれになってしまったから、ずっと子供の屍(しかばね)を探して彷徨(さまよ)っていたんだろうね。そのうち誰を探しているのかもわからなくなって、ちょうど子供の君が親切に声をかけてきたから、探し人だと勘違いして道連れにしようとしたんだ」

「……」

「これで、あの幽鬼の願いは成就(じょうじゅ)されたから、君の魂縛も解けたはずだよ」

「ほんと？　もう怖い幽鬼は来ない？」

「来ないよ」

青年は手近な場所に穴を掘り、子供の頭蓋骨を丁寧に埋葬した。

「この件はこれで片付いたとはいえ、君は油断すると、幽鬼に魂縛されやすい性質(たち)らしい。

優しいことは悪いことじゃないが、今後も幽鬼には十分気をつけるんだよ」

厳しさを込めた顔つきで注意されて、硝飛は大きく頷いた。

「き、気をつける。ありがとう、お兄ちゃん」

青年は笑みをこぼしながら、林迅にも目をやる。

「それと、君はとても勇敢だったね。でも命は一つしかないんだ。それを忘れないでね」

青年は林迅の柔らかい頬を軽くつねった。林迅はまっすぐに青年を見据えて一層強く硝飛の手を握った。

「硝飛が死にかけているのに、黙って見てるだけなんて、この先も絶対にない！」

まさかの率直な言いざまに青年は声を出して笑い、慈しむような眼差しで林迅の頭を撫でた。

「強い子だ……君は本当に強い子だな……」

夕日に照らされた青年の右目がキラリと輝く。ひょっとしたら潤んでいるのかもしれない。

結局、硝飛と林迅の道はこの日から数カ月後に違えてしまい、二人が共に川で遊ぶ機会は、その後一度も訪れることはなかった。

第一章　虚しい再会

1

城郭に囲まれた都市の中、中央の宮廷に向かって馬車は走る。

城都に住まう民でも滅多にお目にかかることのできない軒車だ。朱色の車輪に豪華な彫刻が施され、天蓋には金の白虎が刺繍されている。とても庶民が暮らす外壁内で走らせる馬車ではない。

往来の視線を集めながら、軒車は内壁に入り北区にある市場を突っ切った。馬は一度も足を止めることなく宮廷へと突き進んでいる。

この都は皇帝の住まう宮廷を中心に二層の壁にしきられている。内壁内は宮廷を取り囲むように世家の邸などが並び、そこから役所、市場、霊廟などへと広がっている。庶民が暮らすのは内壁の外、いわゆる外壁内だ。ここには貧富の差もあるが、一定の生活水準を保った者たちが多いので、他国に比べて比較的治安はいい。

　車内から市場に目をやっていた李硝飛は軽く溜め息をついて、向かいに座る美丈夫を見つめた。

　一見すると冷たく見える切れ長の瞳に、高く筋の通った鼻梁。真一文字に引き結んだ唇は厚みがあり、なんとなく触り心地がよさそうだ。特筆すべきは彼の肌のきめ細かさと白さだろう。まるで白磁器を思わせるようなそれは、そこらの女人でさえ持ち合わせていないものだ。

　背中まで伸びた絹のような黒髪は、鳳凰をかたどった銀細工の髪留めで一つにまとめられている。よく見ると鳳凰には紅玉が埋め込まれていた。さぞかし高価なものなのだろう。

　上等な絹で織られた深い墨色の外衣の袖と裾には、銀糸で山河が刺繍されている。その上を優雅に舞うのは紅の鳳凰だ。外衣の下から覗く薄墨色の上衣の襟や太帯には雲気文。腰から掛けた太い蔽膝は鳳凰と雲気文の揃い踏みだ。腰から下げた佩玉は楕円形の大きな紅玉に鳳凰の銀細工がはめ込まれており、それは見事なものだった。

　一目見て高貴な者であることがわかるが、それはなにも衣装のせいだけではない。この青年からは内面に潜む気品のようなものを感じる。なんとなく悔しい気持ちになり、硝飛は再び嘆息した。

　かくいう自分も、急ぎ作らせた一張羅に身を包んでいるが、付け焼刃の庶民感は隠せない。髪は上部だけ簡単に結って垂らしている。髪留めは精巧な銀細工で一応瑠璃が埋め込まれた一級品だ。身を包む外衣は薄い水色の絹。深い碧色に染められた裾と袖には銀糸で湖を刺繍しており、その上を数匹の蝶が飛んでいる。上衣の襟と太帯には、銀糸で牡丹の唐草文をあしらった。

庶民の自分がなけなしの金をはたいて作らせた精一杯の礼服だ。なのに、この青年の前ではどうしても霞んで見える。元々同じ庶民出身だというのに、この違いはなんなのだ。

「林迅。なぁ、りんじ～ん」

いいかげん静かな車内が嫌になり、硝飛は黙り込んだままピクリともしない青年の名を呼んだ。

「久しぶりに会ったのに、笑顔の一つも浮かべないとはどういうことだよ」

もっちりとした肌が癇に障り、思わず彼の頬をつねると、汪林迅は静かに硝飛を見据えた。

「やめろ」

言葉だけで拒否されて、硝飛は林迅の頬を放した。

この高貴な青年、汪林迅は硝飛の兄弟……のようなものだった。

林迅は元々、外壁内の居住区にある李家で硝飛と共に暮らしていた庶民だ。

彼に父母はなく、硝飛の父が赤子だった林迅を引き取って育てていた。歳も同じで兄弟同然だった二人は周りが呆れるほど仲が良く、いつも一緒にくっついて過ごしていた。しかし、林迅が九歳の誕生日を迎えたある日、彼は父の友人だった世家の宗主に引き取られ、李家を出ていってしまったのだ。

世家の中でも名家中の名家である汪家の宗主は、宮廷に仕える礼部の尚書だ。その養子となってしまった林迅と、一応庶民である硝飛はおいそれと会うことができなくなった。

戸惑いと寂しさの中、家を出て行く彼を泣きながら見送ったことを硝飛は今でもよく覚えている。生まれてすぐに母を亡くしている硝飛は、父と林迅しか家族がいなかった。だから、彼がいなくなることが耐えられなかったのだ。

それでも、林迅が幸せになるならと硝飛は懸命に大人たちの決断を受け入れた。時々でも、元気な姿を見せてくれればそれでいい。そう自分に言い聞かせ、いつかいつかと指折り数えて早十年。再会を喜び合うには、過ぎた歳月はあまりにも長すぎた。

その証拠に、林迅は先ほどからまったく喋らない。ただでさえ狭い馬車の中がよけい窮屈に感じ、硝飛はわずかに身じろいだ。

かくいう硝飛も、もうほとんど林迅の顔を忘れかけていた。立派な青年公子へと成長した彼を見ても、最初は誰かわからなかったくらいだ。名乗られても、しばらくは半信半疑だった。

もちろん、確信を得た後は飛び上がって喜んだのだが、林迅は硝飛を見てもニコリともしなかった。本来なら抱き合って涙してもいいようなものだが、彼の態度は終始そっけないままだ。

「十年ぶり！　十年ぶりだぞ、林迅。お前は嬉しくないのか？」

「……相変わらず騒がしい奴だなとは思っている」

「あっそ」

ムスッとして硝飛は眉根を寄せた。

汪林迅はまったくもって薄情な奴だ。一人で大喜びした自分が馬鹿に思える。

昔から表情が少なく何を考えているのかわからないところはあったが、こんなに無感動で冷たい奴ではなかったはずだ。

この十年間、林迅は硝飛のことを少しも請うてはいなかったのだろうか。

（名門世家と庶民じゃ身分が違うってことか？）

自虐的な感情を抱いてしまった矢先、不意に林迅が口を開いた。

「……こんな形で、お前を宮廷に招くことなるとは思ってもいなかった」

「――？」

「宮廷宝具師にふさわしい見事な礼服だ。たしかお前は蝶が好きだったな。……馬子にも衣装とはこのことだ」

「……っ」

褒められているのか貶されているのかわからず、硝飛は複雑な表情で林迅を凝視した。
『宮廷宝具師』。このたび硝飛に授けられたこの肩書きが、林迅と硝飛を引き合わせるきっかけとなったと言っても過言ではない。

硝飛たちの生まれ育った『龍貴国』は、約六百年前に建国された水と宝具の国だ。

初代皇帝は彩龍耀。豪快で大胆な戦略により国を切り拓き、今日では国の守り神として民から慕われている賢帝だ。

龍貴国の北には海かと見まがうほど大きな湖『彩湖』がある。その面積は国土の十分の一を占め、湖からもたらされる資源や、湖を渡ってくる近隣国との貿易のおかげで国は豊かだ。

この国で暮らす人々は十六歳で成人を迎え、その証として親族から霊力の宿った『宝具』が与えられる。

宝具とは、主に武具や装飾品で『魂入れの儀』によって主の魂魄を宿し、その資質を最大限に引き上げるお守りみたいなものだ。魂魄の質が高い者の宝具には強い霊力が宿るが、逆に低い者の宝具はただの飾りと化す。

宝具となる武具や装飾品は、国に認められた『宝具師』しか作製することができない。

宝具師になるためには、強い霊力と国家試験を突破できる優れた技術が必要だ。特に試験は難関を極め、たやすく合格できるものではない。よって宝具師を生業とする者は少なく、一つの都や町に四、五人いればいい方だと言われている。

そんな中にあって、硝飛が生を受けた李家は先祖代々宝具師というとても珍しい家系だった。特に父の腕は類まれなるもので、その腕を見込んだ貴族たちから宝具作製の依頼が後を絶たなかった。父の名声は前皇帝の耳にも届き、ついには皇族や一際位の高い世家の宝具作製の任を担う宮廷宝具師とまでなった伝説の宝具師だ。

そう、李家は庶民ではあるものの、元々宮廷と縁遠い存在ではない。宮廷宝具師になれば世家となれるわけではないが、それでも皇帝をはじめとした貴族たちとの繋がりは深く持つことができる。

（だからって、まさか俺まで宮廷に取り込まれることになるとはなぁ）

自由を愛する硝飛は、中央の堅苦しい空気があまり好きではなかった。自分は父とは違い、規則やしきたりに縛られることなく、一宝具師として奔放に生きていくつもりだった。なのに、どうだ。蓋を開けてみれば己も父と同じ道を歩もうとしている。

実は、硝飛はこの歳にして名宝具師と称えられる腕を持っている。ずっと父の背中を見続け、宝具師としての技術を磨いているうちに、知らず知らずにその腕は父と並ぶほどになっていた。成人を迎える頃には『宝具師　李硝飛』の名は、貴族たちの間にも知れ渡り、同じように宮廷にまで届くようになっていた。そして今回、硝飛はとうとう宮廷宝具師として召し抱えられることになってしまったのだ。

（宮廷宝具師なんかになれるとは思ってなかったし、なるつもりもなかったのにな……。こんなことなら、目立たないようにひっそりと暮らしてればよかった）

　貴族からの依頼を断り、庶民の宝具作製のみに絞っておけばこんなことにはならなかっただろうが、今さら言ってもしかたがない。今回の話は皇太后明蘭からの推薦だと聞いている。父の功績もあり、その息子ならばぜひともということだったらしい。さすがに皇太后直々の任命とあっては断れない。

（ああ、このまま引き返したい）

　いつの間にか、軒車は龍貴国が誇る絢爛豪華な宮廷の目の前まで来てしまった。

　硝飛の願いも虚しく、軒車は宮廷の大門を通過する。龍貴国の最高権力者である皇帝の居城は、ちっぽけな硝飛を飲み込むようにその門を閉じた。

「ここから先は口を慎み、己のふるまいに気をつけるように。調子に乗ってハメを外すなよ」

　林迅から子供に対するような忠告を受けて、硝飛は生返事をした。

　そんなこと言われなくてもわかっている。ここでは、少しの戯れも命取りだ。

　軒車から降りた林迅に続くと、正殿の前に複数の官僚が並んでいた。一斉に拱手され、硝飛も慌てて同じように胸の前で軽く両手を重ねて頭を下げた。

　林迅が官僚たちの中央に立つ中年男性に近づいた。目が少し垂れていて、口角が常に上がっているので、親しみやすさを覚える。たっぷりと蓄えた髭は、丁寧に整えられ、佇まいからは林迅と同じような気品が感じられた。

林迅が拱手をすると、男性は目尻に皺を寄せて首肯した。

「道中変わりはなかったか、林迅」

「はい義父上。無事に宝具師殿をお連れいたしました」

「うむ、ご苦労だったな」

男にねぎらわれ、林迅はわずかに微笑んだ。それを見て硝飛は仰天する。

馬車の中ではまったく動かなかった表情が、こうも簡単に崩れるとは。あの顔は能面ではなかったらしい。

思わず目を瞬いていると、男が一歩前に出た。

「よくぞ参った李硝飛。幼い頃、そなたを数度目にしたことがあるが、見事に立派な青年に成長したものだな。歳はいくつになる?」

「はい。林迅と同じく十九になります」

『林迅と同じく』は余計だったかと思いつつも、硝飛は拱手する。

「そうか。月日がたつのはまことに早いものだ」

林迅の養親である礼部の尚書、汪界円は感慨深げに目を細めた。

礼部とは中央政治に設けられた六部のうちの一部だ。主に国家祭祀や外交、宗教や教育。

国家試験などを司掌している。汪界円はその中において、最高の権力を持つ人物であった。林迅も義父にならい、礼部にその籍を置いているという。

「さっそくではあるが、陛下がそなたをお待ちだ。くれぐれも粗相のないようにな」

「はい」

硝飛は界円に導かれるまま、正殿へと入った。緊張しすぎて建物内の豪奢さも目に入らない。正殿内にいたお偉方の視線が一気に集まり、硝飛は思わず息を止めた。

（林迅～？）

こっそりと能面を探したが、正殿内にはいなかった。いつの間にか姿が消えている。

今から、たった一人で皇帝陛下に拝謁せねばならないと思うと異様に身体が強張った。知り合いがいない環境はとても心細い。あんな薄情な奴でもいないよりマシだったらしい。

各省の重鎮たちに囲まれ、正殿の中央に立っていると、奥から自分の顔よりも大きい冕冠をつけた少年帝、昂明が姿を現した。後に続くのはまばゆいばかりの装飾品で着飾った皇太后明蘭だ。

硝飛は腹に頭がつきそうな勢いで素早く拱手した。

「そなたが李硝飛か」

まだ幼さの残る声で、昂明が硝飛に声をかけた。

「はい。皇帝陛下においては……――」

「堅苦しい挨拶(あいさつ)などよい。面(おもて)を上げよ」

「は」

短く返事をして顔を上げると、昂明は優しげな微笑を湛(たた)えていた。細い目がさらに細くなっているので、目がないように見える。初めて見る皇帝の第一印象は『狐(きつね)顔の高貴なお坊ちゃま』だ。

彼の父である澄明(ちょうめい)皇帝が亡くなったのは十年ほど前になる。幼くして皇帝の座についた昂明は政治の全てを母である明蘭と宰相(さいしょう)に任せていた。いわゆる摂政(せっしょう)というやつだ。

昂明は明蘭や他の貴族たちに守られてのびやかに育ち、このたびようやく成人を迎えることとなった。国を挙げての成人の儀が行われたのち、昂明はようやく本当の意味で玉座に座ることになるのだ。

皇太后明蘭から昂明皇帝の時代へ。龍貴国はこれから大きく動く。

「余と歳も近い若き宮廷宝具師の誕生を嬉しく思うぞ」

「もったいないお言葉でございます」

思いがけず親しみの言葉を投げられて、硝飛は恐縮した。

「母上もなにかあれば」

昂明の視線が母である明蘭に向けられた。明蘭は頷(うなず)く。

「――そなた、父の李朱廉(しゅれん)に似て聡明な顔をしておるな」

値踏みするように硝飛を見据えていた明蘭皇太后がその艶やかな口を開いた。凛とした声は正殿内によく通る。今まで一国をその細腕で動かしてきた女性の威厳と気の強さを感じ取り、硝飛は息を詰めた。煌めくような輝きを宿した瞳は強固な意志の塊だ。キリリと引き結んだ唇を彩る真っ赤な紅は、皇太后の頑固な気質を表しているようだった。

「そなたの父も、綺麗な瞳を持った人物であったが、そなたはそれ以上だな。さぞかし心根が澄んでいるのであろう」

「いえ、そんなことは……」

硝飛は昔から目の美しさをよく褒められる。自分ではわからないが、日の光によって琥珀色に変わるこの瞳は、人には宝石のようにキラキラと輝いて見えるらしい。なんでもない時でも、なにか嬉しいことがあったのかと問われることがしばしばだ。加えて深い二重なのでよけいに顔の中で瞳が目立つようだ。

「今回の『成人の儀』はそなたの腕にかかっておる。鉞を打ち直し、初代龍耀帝の神気を損なわぬよう、前皇帝の魂魄の欠片を払うのは簡単なことではない。けっして落ち度のないよう、くれぐれも頼んだぞ」

「はっ！」

皇太后の言葉はズシリと重く硝飛の胸にのしかかった。

『成人の儀』。これは、庶民の間でも行われる生きていくうえで大切な儀式だ。親しい身内の者だけで行うが、授かる宝具に魂入れを行うのは宝具師ではなく、覡という国家資格を持った術士になる。宝具は宝具師と覡が揃って初めて完成するものなのだ。

　庶民は儀式の日に覡を家に招き、成人する者と一番近しい親族が用意した宝具に魂入れを行う。その後、親族自らが成人者へ宝具を授け、丸一日宴を開く。貧困層は宴などが省かれる場合もあるが、宝具は必ず誰にでも授けられる。

　この覡も魂魄の質が高く霊力の優れた者しか国家試験を通ることができないので、宝具師と同じくあまり数はいない。それゆえ、本来なら己の誕生日に行う『成人の儀』を庶民は日にちをずらして行うこともある。一般的には生まれ月の前後一月以内に儀式を行えれば良い方だとされている。

　もちろん、授かる宝具は宝具師によって新たに作製されたものになるのだが、龍貴国の皇帝だけは、それが少し異なる。

　皇帝の宝具は、初代龍耀帝から代々引き継がれてきたものだ。

　それは龍耀帝が国を切り拓くために振るったといわれている『鉞』だ。鉞とは大きな斧のことで、遠心力により鎧を叩き割ったり、馬の足を切り敵の機動力を削いだりするものだ。戦場においては一撃必殺だが、平和な世においては儀式などに使われる神聖な武器とされる。特に皇帝の鉞には初代龍耀帝の魂魄が神気としていまだに宿っており、当代皇帝の力を増幅させるといわれている。よって、龍耀帝の血を継ぐ者以外受け継ぐことはできない代物（しろもの）だ。

つまり、この鉞を引き継げてこそ初めて皇帝であると世に認められるのだ。

宮廷宝具師の仕事は、成人の儀においての鉞の鍛え直しだ。本来なら鉞の材である鋼（はがね）は何度も炉（ろ）に入れると弱くなるので、六百年間幾度も鍛え直すなど推奨できないが、この皇帝の宝具だけは別だ。当代の新たなる魂入れのために、宝具の鍛え直しと磨き入れは欠かせない儀式なのだ。それによって、宝具から前皇帝の魂魄の痕跡を完全に消し去り、新たなる魂魄を宿すことができるのだから。

（しかし……大事な大事な皇帝様の成人の儀をこんな若い宝具師に任せるなんてな……）

考えただけで心臓が口から飛び出そうだ。失敗は絶対に許されない。もし、しくじれば命はないだろう。

気を引き締めていると、明蘭が汪界円に目をやった。

「このたびの儀、礼部も重々抜かりがないようにな」

「は」

界円は恭（うやうや）しく頭を下げた。

今回は硝飛が鍛え直した鉞に、礼部の尚書である界円が魂入れを行う。

この汪界円は、若い頃から覡としての力を極め、ついには礼部の尚書となった高い霊力の持ち主だ。宮廷宝具師だった硝飛の父、李朱廉が二年前に病で亡くなるまで、二人で数十年も皇族たちの宝具作製に務めてきた。皇帝の成人の儀においてこれ以上の適役はいないだろう。ちなみに、林迅が界円に引き取られたのも父と彼が友として親しかったからでもある。幼い頃、林迅は界円に覡としての資質を見込まれたのだ。

「……」

今回、己の女房役となる汪界円に目をやると、彼は穏やかな笑みで首を縦に振ってくれた。

なんとも頼もしいことだ。少しだけ緊張を和らげることができた硝飛は、圧を発する玉座に向き直り、微かに息を吐き出した。

2

翌日から硝飛は宮廷内の東側にある廟の中で、礼部の者たちと共に儀式の準備にとりかかることとなった。

廟に向かって後庭を歩いていると、不覚にも小さな欠伸が漏れた。成人の儀が終わるまで硝飛は汪家で世話になることになっている。そのせいで枕が変わり、よく眠れなかったのだ。

本来なら宮廷宝具師は中央に居を構えるのが筋だが、硝飛はあえて今まで通り外壁内での居住を望んだ。その方が気が楽だったし、父もそうしていたからだ。重要な儀式がある時だけ、汪家に間借りすれば十分だ。

隣には、共に汪家を出てきた林迅が歩いている。今日の彼は昨日と打って変わって軽装だったが、相変わらず黒を基調とした上衣と裳だ。黒が好きなのだろうか。ふと彼の腰を見ると、鞘に収められた倭刀が目に入った。

「あ、それもしかしてお前の宝具か？」

林迅だってとっくに成人している。宝具を持っているのは当たり前だ。廟に持ち込める武器は宝具に限られているので、間違いないだろう。

「俺は剣なんだ。父さんが授けてくれた」

硝飛は自慢げに腰の剣を抜いてみせた。太陽に照らされて宝剣のように光り輝く剣身は見事なもので、昇る龍に導かれるように硝飛の好きな蝶が幾匹も彫刻されている。

「こいつは『蝶輝』って言うんだ。お前のも見せてくれよ」

柄に手を伸ばすと、スッと林迅は一歩下がった。

「他人の宝具に気安く触れるな」

「……！」

それは大きな壁を感じるほどの拒絶だった。たしかに軽率だったかもしれない。魂魄を入れた宝具は己の命も同じだ。本人以外が気軽に触っていいものではない。

「ごめん」

素直に謝ると、林迅は無言で硝飛から離れ先を歩いていった。

相変わらず林迅はそっけない。昨日一日、汪家で世話になってもそれは変わらなかった。

「――硝飛！」

気落ちしていると、不意に誰かに名を呼ばれた。見ると廟の出入り口で見覚えのある武官が大きく手を振っている。

「浩然兄！」

武官は嬉しそうに硝飛に駆け寄ってきた。

「硝飛、元気だったか？」

「兄さんこそ」

太い眉に凜々しい面立ち。人より大きめの身体は昔から全然変わっていない。思いがけず昔馴染みの顔を見て、硝飛は飛び上がって喜んだ。

帆浩然は硝飛の六歳上の幼馴染であり、年の離れた兄のような存在だ。十代の頃は宝具師を目指し、時々父の所へ技術を盗みに来ていたが、二十歳を過ぎた頃、なぜか宝具師の道をあっさりと諦めて兵部に志願した。あれから五年、今では一部隊の副隊長を任せられる立派な武官だ。

だが、まさか宮廷で会えるとは思ってもいなかった。

「会えて嬉しいよ、浩然兄。今日はどうして？」

「俺の所属する部隊が廟の警備を任されてな。お前の名を聞いたんですっとんできた」

浩然は豪快に笑った。昔から、この男はよく笑う。竹を割ったような性格で、子供たちの面倒をよく見てくれる好青年だった。

「硝飛、汪公子……林迅殿とはもう会ったか？」

「林迅殿？」

妙にかしこまった呼び方をするので、硝飛は噴き出してしまった。幼い頃、林迅も浩然によく遊んでもらっていた一人だ。その時の記憶しかないので、林迅殿と呼ぶ彼に違和感しかない。

「笑うことないだろ。俺にとっては、もう林迅は汪公子なんだよ。さっきもこの廟の前ですれ違ったが一瞥もされなかった」

「ひどいな」

比較的平気そうに言う浩然に代わって憤慨しながら、硝飛は廟の中に入る。

廟内ではすでにたくさんの官僚たちがそれぞれの作業に勤しんでいた。

硝飛は廟の中央に堂々と配置された鍛冶場へと足を運ぶ。

廟は宮廷が行う祭祀の全てを担う場所だ。災害の除去、国の繁栄祈願、同盟締結、その他数々の催事が行われるが、廟内中央に数年に一度しか使われない鍛冶場があるのは龍貴国くらいのものだろう。それほど、皇族の成人の儀は龍貴国にとって重要なものなのだ。

廟内には祭品などが所狭しと並べられていた。廟の中央前方には壇があり、当日はそこに昂明が鍛え直したばかりの宝具と共に立つことになる。

硝飛は鍛冶道具の一つ一つを丁寧に確認し始めた。さすが宮廷の鍛冶場だ。炉や金床、金槌など細かな道具に至るまで全てが一級品で、ぬかりなく手入れがされている。この分なら思う存分腕を振るうことができるだろう。

ふと、顔を上げると目線の先に林迅の姿を見つけた。

林迅は二人の若者と話しながら、にこやかな笑みを作っている。硝飛は不覚にもその笑顔に見入ってしまった。やっぱり、あの能面と同一人物とは思えない柔和な表情だ。

「ちょ……見てよ、浩然兄。林迅の奴、俺にはニコリともしないくせに、あの笑顔！　いったい誰と話してんの？」

腹立ちまぎれに彼らを指さすと、浩然は太い眉をへの字に曲げた。

「ああ、あの二人は林迅殿の義兄上と義弟君だ。同じ礼部に属しておられる」

「義兄上と義弟君？」

そう言われれば、二人とも垂れた目などが汪界円によく似ている。

「その様子からすると、お前も林迅殿に仏頂面で冷たい態度をとられたんだな」

「そうだよ！　なに、あいつ。なんでああなっちゃったわけ？」

「気にするな、林迅殿は誰に対しても能面だ。自分の内に入れた者には笑顔を見せるが、それ以外の者には基本そっけない」

「そうなのか？　自分の内に入れた者って……たとえば家族とか？」

自分もかつては家族だったのにと、若干の嫉妬も込めて林迅の義兄弟を睨むと、浩然はそうだなと両腕を組んだ。

「家族と、あとは……」

浩然が何か言いかけた時だった。不意に廟内がざわついた。官僚たちに緊張が走る。何事かと呆気にとられていると、廟の中に高貴な身なりの少年が入ってきた。横には吊り目の不機嫌そうな男がついている。服装から見ると彼は武官のようだ。

「林迅！」

少年は顔を輝かせて林迅のもとへ歩み寄った。

「旬苑殿下」

林迅は恭しく拱手をして、これまでとは違った慈しむような微笑を浮かべた。それを見て、硝飛はさらに仰天する。奴は二重人格ではなかろうか。

旬苑と呼ばれた少年は、楽しそうに林迅と話をしている。算術がわからないだの、漢詩が難しいだのと、ほとんど勉強に対する愚痴だ。林迅はその一つ一つに丁寧に答えている。

硝飛は拱手で下を向いたまま、目線だけを上げた。

旬苑殿下は昂明皇帝の弟だ。今年十二歳になるというが、やけに林迅と親しいようだ。

「林迅殿は旬苑殿下に勉学を教えておられる。殿下は林迅殿を兄のように慕われてるんだ」

硝飛の疑問を感じとったのか、浩然が小声で教えてくれた。

皇帝の弟に勉学を教えているとは、林迅もまた大出世したものだ。見れば林迅が旬苑を我が内に入れているのがよくわかる。もう少し観察してやろうとわずかに顔を上げると、二十代半ばで吊り目の武官が憎々しげに林迅を睨みつけていた。気になって浩然に尋ねると、浩然は言いにくそうにもごもごと答えてくれた。

「奴……じゃなくて、あの方は宰相の御子息の流白蓮(りゅうびゃくれん)殿だ。俺の所属する部隊の隊長をなさっている」

「宰相の子息なのに、部隊長？」

もっと位が高くてもよさそうなものなのに、いっかいの部隊長におさまっているのはなぜなのか。

つい声が大きくなってしまった硝飛を、鋭い目で白蓮が見た。しまったと思ったがもう遅い。白蓮は怖い顔でツカツカとこちらに向かってくる。

血の気が失せる硝飛と浩然だったが、林迅が旬苑にかけた一言によって事態は好転した。

「旬苑殿下、ご紹介が遅れてしまい申し訳ございません。あの方がこのたび宮廷宝具師を拝命された、李硝飛殿です」

「あの者が？」

旬苑の注目が硝飛に向く。硝飛は慌てて旬苑の前に進み出た。

白蓮は内心で舌打ちしたような表情をして一歩下がった。

「そなたが宮廷宝具師か。まだ若いな」

自分の方がいくつも年下であるにもかかわらず、硝飛を若者呼ばわりし、旬苑は楽しそうに笑った。なんとも無邪気な顔をする少年だ。昂明帝の目は細いが、旬苑の目はクリクリとしている。どちらかというと女顔なので、皇太后に似たのかもしれない。

「このたび、宮廷宝具師の任をたまわりました李硝飛と申します。我が腕をもって精一杯努めさせていただく所存でございます」

言い慣れない敬語で舌を嚙みそうだ。これからずっとこんな堅苦しいやりとりをしなければならないのかと思うと辟易する。

微妙な硝飛の表情など気づかぬ様子で、旬苑は胸を反らして何度も頷いた。

「うむ、期待しておるぞ。そなたには、いずれ私の宝具も作製してもらわねばならぬからな。立派なものを造ってもらわねば！」

「はっ」

言われてみればそうだ。宮廷宝具師となったからには皇族の宝具作製は全て硝飛が担うことになる。敬語ごときで嫌気がさしている場合ではない。

気を引き締めていると、林迅が旬苑に声をかけた。

「それでは殿下、先ほど仰っていた漢詩と算術の件ですが、さっそくお教えいたしましょう。今の殿下には勉学が一番大事ですからね」

「ほんと？　いいの？」

旬苑は跳ねて喜んだ。それを林迅が軽く諌める。皇族たるもの威厳を忘れてはならぬということらしい。旬苑は少しだけ肩をすくめて、笑った。二人は主従というよりまるで兄弟のようだ。

廟を出て行く二人の後を白蓮がしぶしぶとついていく。結局、彼は硝飛に一言も声をかけられなかった。なんだかよくわからないが、林迅のおかげで助かったらしい。

三人がいなくなったことで、廟内の緊張が一気に解けた。

ふうっと息を吐いて、硝飛は力を抜く。

「あ～、焦った。あの宰相の息子は、なんであんなに林迅を親の敵みたいに睨んでたんだ？」

「嫉妬だよ、嫉妬」

浩然も冷や汗を拭っている。仮にも直属の上司だ。あの威圧をくらっている間は生きた心地がしなかっただろう。

「宰相は自分のお身内に厳しい方でな。ご子息には地位に甘えず一兵卒からのし上がることを課しておられるんだ。あの方は一般と同じ兵部の試験を受け、ただの一武官として勤めておられる。林迅殿ももちろん、試験を受けて礼部に入られたが、家柄にふさわしく尚書直属の部下で地位も高い。おまけに昴明皇帝や旬苑殿下の覚えもめでたいとくれば、そりゃ嫉妬もするだろう。加えて林迅殿は庶民の出だろ？　だから、よけいおもしろくないんだ」

「……そうなんだ」

「林迅殿もそれなりに大変なんだよ。宮廷内は魑魅魍魎（ちみもうりょう）の集まりだからな」

だから冷たくされても気にするなと慰（なぐさ）められて、硝飛は三人が消えた廟の出入り口を見つめた。

（俺にはよくわからない世界だけど……）

この短い時間の中で、唯一はっきりと自覚できたことがある。

どうやら林迅の中で自分はもう『家族』ではないらしい。まだ家族だと思ってくれているなら、彼の義兄たちや旬苑に向けられていた笑顔が自分にも向くはずだ。

なんともやるせないことだと、硝飛は首を軽く振って微かに口角を下げた。

硝飛が必死で宮廷に慣れようと奮闘している間に、運命の日は矢のような速さでやってきた。

3

馴染めなかった枕ともようやく折り合いをつけ、汪家の人間の顔と名前をあらかた覚えた頃、龍貴国十五代皇帝彩昂明の成人の儀は、廟内で厳かに始まろうとしていた。

壇上には、礼服に身を包んだ昂明が立ち、それを見守るように皇太后をはじめとした皇族、そして宮廷内の重鎮たちが並ぶ。中には件の流白蓮の父親、宰相の流安寧の姿もあった。息子とよく似た吊り目だが、立ち姿からなにから漂う威厳がまったく違う。彼もまた、昂明が成人するまで皇太后と共に国を動かしてきた者の一人だ。

廟の中央に立つ硝飛を取り囲むようにして、礼部の官僚たちが立っている。その中には林迅の姿もあった。

まず、数人の覡たちの呪印によって廟内が完璧に鎮められる。きんっと澄んだ空気を肌で感じられるようになると、人々の背中からスッと余計な念が消えていく。覡の一人が壇上に立つ昂明皇帝の頭上に新たな冕冠をかぶせた。今までの冕冠よりもさらに大きく豪奢なものだ。

やがて、宰相の号令により、硯である汪界円が硝飛の前に進み出てきた。その手には、かの宝具『鉞』が恭しく掲げられている。

いよいよ、成人の儀の要となる鉞の打ち直しだ。ここまでくれば、いつものように誠心誠意力を尽くして宝具と向き合うだけだ。気乗りしなかった宮廷宝具師といえども、やることは常に同じ。己の霊力と腕で真摯に鋼と向き合うだけなのだから。

硝飛は丁寧にそれを受け取り、慎重に柄から斧身を取り外した。皆、緊張の中にいたが硝飛はそれ以上だ。なにせ、初代龍耀帝の神気が宿る皇族の宝だ。万が一のことがあれば首が飛ぶ。

ごうごうと燃えさかる炉の中に斧身を入れ、鋼が柔らかくなるのを待つ。普通の鉞はだいたい青銅製だが、皇帝の宝具は鍛えやすいように鋼でできているのだ。しばらくして赤々と熱された斧身を炉から取り出すと、硝飛は金鎚を握った。

じっと瞳を閉じ、精神を集中させると、硝飛は一気に霊力を放出させて金槌を振り下ろした。皆が固唾を呑んで見守る中、硝飛は精魂を込めて焼けた斧身を何度も打ち付けた。そのたびに不純物が飛び、鋼の密度が上がっていく。

カーンと小気味いい音が廟内に響き渡る中、硝飛の大きな瞳が弾ける火花と共に赤く鋭い光を放つ。いつものように無の境地で鋼と向き合っていると、己の魂魄が不思議と鋼の粒子と一体となっていくのがわかった。

額(ひたい)から汗が流れ出るのも気づかぬまま、自分の霊力の全てをかけて斧身を鍛錬し、粒子の一つ一つと対話しながら形を整え、前皇帝の残り香とも言える魂魄の欠片を完璧に散らしていく――つもりだった。

(……?)

渾身(こんしん)を込めて金槌を振り下ろしていくうちに、硝飛の眉が徐々に寄っていった。

(どういうことだ?)

我知らず金槌を振り下ろす力が強くなる。

言いようのない不安と疑念が心中に渦(うず)巻いていた。いくら集中しても、もうその疑念を振り払うことはできない。

(これは、本当に皇帝の宝具なのか?)

打てば打つほど……いや、実は最初から自覚していた違和感だ。

この鉞からは、初代龍耀帝の神気どころか、前皇帝の魂魄の欠片さえ感じられない。

一打うつたびに、疑念は確信へと変わっていく。

霊感の人一倍強い宝具師だからこそ、わかるのだ。これは、宝具などではない。ただの鉞だ。

「……」

とうとう、硝飛は金鎚を振り下ろす手を止めてしまった。

廟内がざわつく中、流安寧が訝しげに声を張り上げる。

「いかがいたした。李硝飛」

硝飛は状況に戸惑いつつも、確信を得て金鎚を置いた。

こんなものを皇帝の宝具として継承させていいはずがない。そんなこと、宝具師としての矜持が許さない。

ますますざわめきだした人々の視線を一身に浴びながら、硝飛は大きく息を吸い込むと意を決して壇上の昂明の前に進み出た。

「恐れながら、申し上げます」

膝を折る硝飛に、昂明も明蘭も困惑していた。

「なにごとだ」

昂明に促されるまま、硝飛は正直に口を開いた。

「こちらの鉞には何者の神気も魂魄も込められてはおりません！」

昂明や明蘭の目が大きく見開いた。

「この鉞は宝具にあらず。宝具師李硝飛の名において鉞は偽物であると進言いたします！」

廟内は一気に騒然となった。

代々続く成人の儀において、宝具が偽物であると断言した宝具師はおそらく初めてだろう。前代未聞の事件だ。

「何をバカなことを！　己の霊力不足ゆえ、龍耀帝の神気が感じられぬだけであろう！」

宰相の流安寧が声を荒らげる。廟内が静まりかえる中、硝飛は強い確信を持って安寧を見据えた。

「いいえ。もしあの鉞が本物であると言う宝具師がいたならば、私は己の命をもってしてその者を断罪いたします。その宝具師の肩書きこそが偽物であると！」

「な、なんと不敬な……！」

宰相も皇太后も不愉快そうに顔を歪める。

「皇帝陛下の成人を祝う晴れの儀を、信じられぬ妄言で汚しおって！」

「妄言ではございません！　あの鉞はただの鉞でございます！」

「まだ言うか！」

安寧が怒り任せに硝飛の腕を取ったその時、壇上の明蘭が静かに口を開いた。

「見苦しく吠えるな、安寧」

「……はっ、申し訳ございませぬ」

安寧が硝飛の腕を放すと、明蘭は冷酷な目で硝飛を見下ろした。

「自分が何を口走っているのかわかっておるのか？」

「はい。私はいたって正気でございます」

「そこまで言うならば、その鉞が偽物であるという証拠を見せてみよ」

「それは……」

　そんなこと、力の強い宝具師を数人この場に呼んできて、検証させるしかない。だが、今すぐには無理な話だ。いったい、硝飛に匹敵するくらいの宝具師がこの国に何人いるのか、それも彼にはわからない。かといって、自分より力の劣る者を連れてこられても、自分の主張通りの結果になるとは限らない。

「できぬと申すか？　そなたは皆の前で皇帝陛下ばかりか代々の皇帝全てを否定したも同じであるぞ。皇族の宝を侮辱し、成人の儀をも汚した罪は万死に値する！」

「……」

「このような場に陛下を立たせておけぬ！　儀式は中止じゃ！　この者を捕らえ、牢に入れよ！」

「はは！」

　数人の武官たちが硝飛の周りを取り囲む。その中には浩然の姿もあった。動揺した彼の表情が印象的だ。

「――ちょっ！　俺は……！」

　言い訳をすることも許されず、硝飛はあっという間にその身を拘束され、廟内から引きずり出される。その際、林迅と一瞬目が合った。相変わらず、何を考えているのかわからない表情に、硝飛はただただ絶望を感じた。

「己の分をわきまえよ。愚か者が！」

硝飛の背に叩きつけられた明蘭の声は、凍えるような響きを持って胸に突き刺さった。

第二章　囚われの宝具師

1

カーン、カーン、カーン……。

真夜中に響き渡る金属を叩く音に、幼い硝飛はふと目を覚ました。

房の中は暗く、窓から差し込む月明かりだけが唯一の頼りだ。

硝飛は身を起こして寝台から立ち上がると、蠟燭に火をともして金属音がする鍛冶場へと向かった。鍛冶場は母屋に隣接しているのでいったん外へ出なければならない。フクロウの声を聞きながら鍛冶場の戸を開け、そっと中を覗き込むと、父が真剣な眼差しで熱した金属を金槌で打ち付けていた。

ごうごうと燃え盛る炉の火に照らされた父を見て、硝飛は一瞬身震いをした。鍛冶場に立つ父の姿は見慣れているはずなのに、今夜はいつもより一層険しい表情で、まるで鬼神のような迫力がある。

カーン、カーン、カーンと金槌が振り下ろされるたびに火花が散る。こんな真夜中になぜ父が鍛冶を行っているのかわからず、硝飛はただ立ち尽くして中の様子を見つめていた。

やがて、ふとこちらに視線を向けた父が、硝飛を見つけて顔を強張（こわば）らせた。

「硝飛、こんな時間にまだ起きていたのか」

「う、うん。鍛冶の音で目が覚めちゃって……」

怒られると思い俯（うつむ）くと、父は戸口までやってきて分厚い手で硝飛の頭を撫（な）でた。

「うるさくしてごめんな。この仕事が終わったら父さんも寝るから、お前も早く寝なさい」

父の手は常に金槌を握っているので、ゴツゴツとしていてタコだらけだが、その顔に無骨さは微塵（みじん）も感じられない。硝飛に向ける表情は柔和で穏やかなものだ。先ほどの鬼神のような姿は幻だったのではないかと思える。

「……父さん」

なにを打ってるの？　と聞こうとしたが、父の目が笑っていないことに気がついて、硝飛は口を噤（つぐ）んだ。

「お休みなさい」

「はい、お休み。お腹（なか）を出して寝るんじゃないぞ」

父の口調が優しかったので、硝飛は少し安心して鍛冶場に背を向けた。

再び聞こえだした金属音が気になったが、硝飛は振り向くことなく己の房に戻って寝台に潜り込んだ。

すると、同じ寝台で寝ていた林迅（りんじん）がわずかに身じろいで、うっすらと目を開けた。

「あ、ごめん林迅。起こしちゃったか？」

「こんな夜中にどうした？」

眠そうな林迅に、硝飛は正直に鍛冶場で見たことを伝えた。

「そういえば、音が聞こえるな。李（り）おじさん、最近忙しいって言ってたから仕事が立て込んでるんだろ」

林迅の言葉に、硝飛は頷（うなず）いた。

「もう寝ろよ」

「うん。――なぁ林迅。明日は何して遊ぶ？」

無意識に先ほどのことを忘れたくて、硝飛はわざと明るい声で林迅に問うた。真夜中のちょっとした冒険に目が冴えてしまい、なんだかすぐに眠れそうになかったのだ。

「何をするかな……？　山にでも行くか？」

「それもいいけど、また川に遊びに行こうぜ！」

硝飛の何気ない言葉に、林迅はしょぼしょぼさせていた目をいきなりパッと見開いた。

「川に？　行くわけないだろ。お前、このまえ川で酷（ひど）い目にあったのを忘れたのか？」

「忘れたわけじゃないけど……」

「川は却下。それ以外ならなんでも付き合ってやる」

「本当？」

「ああ。俺はお前となら何してても楽しいし」

まっすぐな台詞（せりふ）を投げられて、硝飛はニヘラっと笑った。

「じゃあ、俺も。お前と一緒ならなんでもいいや」

そう言って布団を頭からかぶると、林迅も潜り込んできて二人はクスクスと笑った。

小さな寝台は、子供たちの秘密基地だ。しばらく布団の中で明日の作戦を練っていると、林迅が思いついたように言った。

「そうだ。やっぱり山に行こう。今なら蝶（ちょう）がたくさん捕れるぞ」

「蝶？　いいな。じゃあ、そうしよう」

「明日は小豆餡（あずきあん）入りの包子（パオズ）作ってやるから、それを持って行こう」

「本当か？　やった！」

小豆餡入り包子は硝飛の大好物だ。二つ三つあれば十分腹がふくれるので、一日中遊んでいても大丈夫だ。

「楽しみだな」

「ああ」

二人はどちらからともなく手を握り、やがてゆっくりと眠りに落ちていった。


牢に入れられてどれくらいたっただろうか。丸一日はたっているかもしれない。

硝飛は懐かしい夢の終わりと共に目を覚ました。かび臭さが鼻につく薄暗い地下牢の中で、硝飛は重たい身体(からだ)を起こした。寝台に腰掛けると、自然と大きな溜め息が漏れる。

それにしても懐かしい夢を見たものだ。あの頃の林迅は自分と歳(とし)は同じだというのに妙に落ち着いていて、向こう見ずでやんちゃな硝飛を常に制御してくれる頼もしい存在だった。あのまま一緒に育っていたら、今頃二人はどんな関係を築けていただろうか。

(今さらだな……)

硝飛は自嘲(じちょう)して額(ひたい)に手を当てる。

林迅が川へ行きたがらなかったのは、硝飛が川で幽鬼に魂縛(こんばく)されたからだ。助けてくれた道士の顔は覚えていないが、彼がいなければ硝飛も林迅もこの世にはいなかっただろう。

道士とは、道教の修行者のことだ。呪術的な道術を修め、呪符などを駆使して幽鬼を退治できる力を持つ。宝具(ほうぐ)に魂(たま)入れを行う覡(かんなぎ)も似たような力を持つが、違うのは道士は宝具の魂入れは行わないということだろうか。あれは覡だけの特権だ。

幽鬼の姿が見えるのは霊感が強い者に限られるが、恐れるべき存在としての認識は皆共通して持っている。なにか不幸に見舞われると幽鬼のせいだと言って祓(はら)ってもらうために道士を敬(うやま)い、災厄(さいやく)の場に招くのは世の常だ。だから、硝飛たちがあのとき道士に出会えたのは本当に幸運なことだったのだ。

だが、せっかく救ってもらった命も今は風前の灯火(ともしび)だ。

「いったい、なんでこんなことになったんだ？」

硝飛は頭を抱えた。

あの鉞(えつ)は間違いなく偽物(にせもの)だった。それを正直に申告したらこのざまだ。なら、あのまま知らぬふりをして、本物の宝具として成人の儀を完遂していればよかったのだろうか。

いや、そんなことできるわけがない。硝飛が気づいたように、他の者だっていずれ気がつく時が来る。遅かれ早かれ皇帝の宝具は問題になったはずだ。

そこまで考えた時、硝飛ははたと顔を上げた。

そうだ。歴代の皇帝たちは偽物の宝具を継承してきたわけではないはずだ。そんなことをしていれば、いつかは自分のように宝具が偽物だと言い出す宮廷宝具師が現れていたに違いない。だが、そんな話はまったく聞いたことはない。なら、今まで秘匿(ひとく)にしてきて指摘した宮廷宝具師たちを硝飛のように排除してきたのだろうか。六百年もの間？

硝飛は思考を回転させて大きく頭(かぶり)を振った。

「ありえないだろ」

皇帝は国の祭祀や外交の場には必ず宝具を持参し、その生涯で一度は宝具の力を示す時が必ず来る。神気が宿っていないことは見るものが見ればすぐに気づくはずだ。だとしたら、前皇帝の時までは、宝具は本物だったということになる。

「あの鉞は最近になって誰かが偽物にすり替えたんだ」

少なくとも、前皇帝が亡くなった後から現在までの間にだ。

硝飛はいてもたってもいられなくなって、牢内をウロウロと動き回った。鉄格子をガシャガシャと揺らしてみたり、壁を叩いてみたりしたが、抜け出せそうなところはない。偽物を偽物だと言っただけで自由の身を奪われるなんて納得がいかないと、反骨精神を出してみたが、さすがに宮廷の牢は頑丈に造られている。

しばらくいろいろと奮闘してみたが全て徒労に終わり、硝飛は再び寝台へ横になった。

これからどうなるのだろう。皇太后や宰相の怒りは相当なものだった。下手をしたら首を飛ばされるかもしれない。

さすがの硝飛も不安になり、きつく目を閉じたその時だった。

寝台の上の身体がやけに重く感じられた。しまいには身動きができなくなり、硝飛はひっくり返って暴れる虫のように身じろぎしながら目を開けた。とたん、硝飛はひゅっと息を呑みこむ。

なんと、牢にたった一人で閉じ込められていたはずなのに、なぜか身体の上に見たこともない女が覆い被さっているではないか。

「ど、どなたですか？」

自分でも馬鹿な問いかけだとは思いつつ、硝飛は女に尋ねた。女は青白い顔を歪めて小さな声で呟いた。

『わからない』

たしかにそう聞こえて、硝飛は軽く目を閉じた。冷静に状況を把握してみるに、この女は間違いなく幽鬼だ。

「なにしに出てきた？　ここは地下牢だけど？」

『あなたを追ってきた……』

「俺を？　なぜ」

『……』

女はゆらりと立ち上がり、じっと硝飛を見つめる。硝飛はやっと自由になった身体を起こし、自分の宝具である蝶輝を探した——が、あるわけがない。あれは捕らえられた時に没収されてしまったのだから。

「俺になんの用？　この世に悔いがあるのか？」

『……あなたが、あの鉞を偽物だと言ったから……』

「鉞って宝具のことか？　それがあんたとなんの関係があるんだ」

『あれは、私が偽物とすり替えた』

「──はっ？」

硝飛は我が耳を疑った。宝具をすり替えた犯人がまさか幽鬼となって現れるとは、さすがに予想もしていなかった。

「す、すり替えたって……なぜそんなことをしたんだ」

『……』

「あんたは何者なんだ。本物の宝具はいったいどこにあるんだ！」

つい矢継ぎ早に尋問すると、女は青白い顔をさらに青くして緩く首を振った。

『わからない、なにもわからない。なぜ自分が幽鬼になったのか。ただ、覚えているのは皇帝の宝具をすり替えたことだけ……』

「そんな……」

　皇帝の宝具をすり替えた。それが彼女の強い後悔なのだろう。それしか記憶が残っていないことがその証拠だ。幽鬼になり彷徨っているうちに記憶は消え、自分が誰なのかさえわからなくなっても、強い悔いだけは残る。それが幽鬼というものだ。

　女の顔は瓜実顔で、瞼は見たこともないような珍しい三重だった。まるで鳥が羽を広げたように目尻に向かってスッと三本の線が広がっている。左目の下には大きく目立つほくろがあり、それが色気となっていた。見惚れるほどの美女だが、若干右目の色が左目と比べて薄い。着ているものは薄緑色の生地に金糸や銀糸で刺繍された高価そうな上衣と裳だ。髪型は前髪を中央に分けた両把頭で煌びやかな髪飾りをいくつもつけている。高貴な身の上であることはすぐにわかった。

表情は憂いを帯びているが、瞳の奥からは芯の強さのようなものを感じる。

その証拠に、彼女は一度も硝飛から目を逸らさない。自分の思いを伝えるまでは、けっして硝飛を逃すまいとする意志が垣間見えた。

「なぁ、あんた見たところ高貴な人みたいだし……後宮に仕えていたとか?」

『……』

女はゆっくりと首を傾げた。それも覚えていないらしい。なにを聞いてもわからないばかりでは、こちらも対処のしようがない。

「あのさ、俺もどうにかしてあげたいけど、囚われの身だし……あんたのことはかわいそうだと……」

そう言った直後だった。なにやら一瞬身体が金縛りを受けたように動かなくなった。牢の壁しか映さなかった目に、たくさんの硝子細工と活気のある街並み、そして大きな湖が映った。だが、その感覚はすぐに消え、身体は自由を取り戻す。

その瞬間、硝飛は薄汚れた天井を見上げて小さく唸った。

——魂縛された。

まさに泣きっ面に蜂とはこのことだ。幽鬼に同情は禁物だと、幼い頃からさんざん教えてもらっていたのに、生来の気質はどうしても変えられないようだ。

硝飛は己の額に手を当てて、溜め息をついた。

「どうしたら、あんたは満足するんだ？　俺は、引きずられてあの世に行くのはごめんなんだけど」

『鉞を探して……』

「でも、あんた鉞の在処を覚えてないんだろ？」

女は頷く。

悔いは皇帝の宝具をすり替えたことに間違いないのだろうが、それを探すとなるとかなりの難題だ。なにせ、自分は囚われの身だ。魂縛されていようがいまいが、どっちみち命の危機に変わりはない。

「ごめんな。俺、あんたの願いを叶えてやれそうにないよ」

それでも女は、流れてきた藁をけっして逃すまいとするように硝飛の目を神妙に覗き込んだ。

『もう何年も待った……。鉞に気づいてくれたのは、ただ一人。あなただけ……』

女に魂縛されてから、さらに半日ほどたっただろう。ここは地下牢なので日の光も通らない。昼なのか夜なのか見当もつかないが、粗末な夕餉が運ばれてきた後なので、夜には違いない。硝飛は暇つぶしがてら女に話しかけ続けているが、答えは全て『わからない』だ。

2

やがて、眠気を覚えてうつらうつらとしだした頃だった。ガチャンと地下牢の出入り口の鍵が開く音がした。緊張して一気に目を覚ますと、女の幽鬼は牢内から消えていた。感覚からして硝飛の中に入った気がした。いわゆる憑依だ。

コツコツと足音が近づいてくる。尋問か、はたまた処刑か。どちらかわからず身を強張らせていると、意外な人物が鉄格子越しに現れた。

「林迅!?」

誰よりも地下牢とは無縁と思われる人物、汪林迅が無言で硝飛を見つめていた。

「な、なんだよ。お前が俺を尋問するのかよ」

警戒していると、林迅は鍵の束を取り出して鉄格子の錠を開けた。

「出るぞ」

　林迅は前触れもなくそう言うと、硝飛の宝具『蝶輝』を差し出した。

「え？　俺の宝具？　どうして!?」

　受け取ったものの、ただただ唖然とする硝飛に、林迅は己の唇に人差し指を当てて「静かにしろ」と言った。

「お前を脱獄させる」

「はっ!?」

　品行方正そうな顔からとんでもない言葉が飛び出したので、硝飛は思わず声を上げた。その口を素早く手のひらで覆われる。

「お前の処刑が三日後に決まった。死にたくなかったら黙ってついてこい」

　なにがなにやらわからなかったが、処刑という言葉に血の気が引いた。必死に頷くと林迅の手のひらが離れ、ホッと息をつく。

「でも、なんでお前が俺を……」

　再会後はけっして良好とは言えない仲だったのに、なぜ林迅は危険を冒してまで自分を助けてくれるのだろうか。

「話は後だ」

　林迅はそう言うと、硝飛の腕をとって牢から出した。てっきりそのまま地上へ向かうかと思っていたが、予想に反して林迅の足はここよりも深い地下二階へと向かった。

「おい、なんで、階段を下りるんだよ。上に出るんじゃ……」

林迅はチラリと硝飛を見て声を潜めた。

「このまま地上に上がっても、牢番たちに見つかるだけだ。地下二階には牢の中で死んだ囚人たちを運び出す死体搬出口がある。そこからまず空堀に出る」

「死体搬出口……」

「公開処刑は別として、囚人たちの死体を地上に上げるのは宮廷が汚れるので忌み嫌われる。だから、一度も地上に上げることのないように地下から死体を運び出して堀の中に埋めるんだ」

「それって、もしかして人柱の役目もあるんじゃ……」

「ないとは言えないな」

せっかく林迅が饒舌に話してくれているが、会話の内容は気持ちのいいものではなかった。ひょっとしたら自分もその人柱にされた囚人たちと同じ運命を辿るのではないかと思うと背筋が寒くなる。

なるべく足音を立てないように薄暗い地下の階段を下り、石造りの壁づたいに歩を進めると、やがて小さな扉の前に出た。

林迅は鍵の束から鍵を見繕うと、躊躇もせずに扉を開く。

そこは空堀の中だった。夜中なのか周囲は真っ暗で生ぬるい風が吹いている。この堀は宮廷をグルリと囲んでいるものだ。その中のどこかに人柱となった囚人たちの埋葬(まいそう)場所があるのだろう。

目を凝(こ)らして見上げた堀の壁は垂直で建物の二階分以上あり、とてもよじ登れる高さではない。これからどうするのかと思っていると、不意に強い目眩(めまい)に襲われた。グラリと傾く身体を林迅が支えてくれる。

「どうした？」

「悪い。ここ瘴気(しょうき)が強くて」

たぶん埋葬されている囚人たちの怨念(おんねん)だ。一生牢から出ることなく、死んでもなおこんなに深い場所に埋められているのだ。怨嗟が満ちていてもしかたがない。

「霊感が強すぎるのも困りものだな。埋葬場所では定期的に宮廷の覡たちが鎮(しず)めの儀式を行って囚人たちが幽鬼にならないようにしている。少し待てば身体が慣れてくるはずだ」

「あ、ああ」

言われてみれば、だんだんと身体に絡みつくような瘴気に慣れてきた気がする。

「もう大丈夫だ」

しっかりと自分の足で立ち、硝飛は林迅を見た。

「で、この壁を登るのか？　結構むちゃっていうか……俺は登りきる自信はないぞ」

そもそも、ほいほい上り下りできたら堀の意味をなさない。

「登るわけがないだろう」

心配する硝飛をよそに、林迅は松明を燃やして牢の外壁を指さした。

「あそこに地下一階まで上がれる外階段があるだろ」

「本当だ」

見ると、外からでも地下一階へと上がれる階段があった。地下一階部分にある扉は四角形で、せいぜい大きめの屑籠ぐらいしか通れそうにない。きっと塵の搬出口だろう。

「あの階段は地下一階止まりなんだろ。そこからどうやって地上に上がるんだよ」

「階段の側に軒車小屋がある。そこから縄ばしごを垂らしておいた」

さすが林迅。こういうところは抜かりがない。

林迅に導かれて外階段を上がると、たしかに縄ばしごが地上から下りていた。先に行けと言われ、恐る恐る足を掛ける。下を見ないように注意しながらどうにかこうにか梯子を登りきり地上の土に触れた。なるほど、見れば軒車小屋はすぐ近くだ。

「ぐずぐずするな」

梯子を登ってきた林迅に腕を引かれて軒車小屋へ忍び入る。まさか大胆にも軒車で逃げるのかと戸惑っていると、林迅は一台の軒車の中からなにやら荷物を取り出した。

「硝飛、これを着ろ」

そう言って渡されたのは、なんとも華美な女性物の深衣と外衣だった。

「え？　なんだよこれ」

「俺の義妹の衣装だ」

「まさか、俺に女装させる気か？」

「ああ。女装したお前を乗せてこの軒車で大門を通る。陛下の成人の儀が滞りなくすんだら、同時に多数の新しい女官が後宮へと入ることになっていた。だが今回、成人の儀の中止に伴い新たな女官の後宮入りも延期となったんだ。義妹も後宮入りすることになっていたが、延期になったことでいったん生家へ帰ることになっている」

「つまり、俺にお前の義妹のふりをしろと？」

林迅は黙って首肯した。

「無理無理無理無理！　無理だよ、女装なんて！」

「無理じゃない。言うことを聞け。気分が悪いと言って顔の半分は扇で隠していればいい。頭にはこれをかぶって」

林迅は有無を言わせず硝飛の頭の上に絹の面紗をかぶせ、早く着替えろと目で脅してきた。

一抹の不安を感じた硝飛は、しぶしぶ外衣に袖を通しながら林迅を窺った。

「あのさ、この女装が見破られたらどうするんだよ」

「その時は……」

「その時は？」

「軒車ごと突っ切る」

据わった目で真剣に宣言されて、硝飛は一瞬ポカンとしてしまった。徐々におかしさが込み上げてきて、とうとう噴き出すと、林迅が不快そうに眉を寄せた。

「なぜ笑う」

「いや、だって……。突っ切るって……。なんか、安心した」

「なにが」

「その意味もなく豪胆なところ。昔とちっとも変わってないと思ってさ」

声を出しそうになるのを堪えながら硝飛は肩で笑う。なぜか川の幽鬼から救い出してくれた林迅の幼くも頼もしい顔が今の林迅に重なって見える。

「その時は、お前の命も危ないかもしれないんだぞ」

「覚悟の上だ」

できあがった硝飛の女装を上から下まで眺めて、林迅は何度か頷く。

「似合ってるとか言ったら、殴るからな」

「似合ってないと困る」

妙な返しをされて、硝飛は軒車に押し込まれた。

「具合の悪い義妹を兄の俺が急ぎ生家に連れ帰ることにする。お前は黙ってただ下を向いていればいい」

てきぱきと指示を下されて、硝飛はしっかりと聞き入れた。林迅が御者になり、軒車は小屋から出る。硝飛は極力下を向いて扇で顔を隠した。

軒車は堂々と大門に差し掛かる。当然のごとく門番二人に止められ、硝飛は心臓の音を必死に抑えた。聞き耳を立てていると、外から門番と林迅の話し声が聞こえてきた。

「これは汪公子。このような時間に御者もつけずにいかがいたしましたか？」

門番の問いに、林迅は驚くほど冷静に答えた。

「義妹が気分が優れぬと言うので、急ぎ邸(やしき)に帰らせることにした。心配ゆえ、私が送っていくところだ」

「さようですか。成人の儀も中止になり、さぞ汪小姐(シャオジエ)も気落ちされていることでしょう」

言いながら門番の一人がチラリと軒車の中を覗いてきた。硝飛は努めて女性っぽくしなを作り、具合が悪そうに門番の顔を見つめる。その際、美しいと言われる目力(めぢから)をこれでもかと利用してやった。

それが功を奏したのか、門番はほんのりと頬(ほお)を染めて、林迅に拱手(きょうしゅ)をすると、まったく疑うことなく大門を通してくれた。

遠くなる大門を振り返って、硝飛はどっと肩の力を抜く。

（あの門番、赤くなってたな。……さすが俺）

なにがさすがなのか自分でもわからないが、とにかくよくバレなかったものだ。これも普段から林迅が宮廷内での信頼を勝ち得ているからこそだ。あの品行方正な汪公子がまさか、囚人を脱獄させているだなんて思いもしなかっただろう。

当の硝飛もそうだ。勢いに任せてここまで来たが、なぜ林迅が自分を助けてくれたのかいまだにわからない。面紗を取って一息ついていると、馬車は急にもの凄い速さで都を駆けだした。

「わ、わ！」

急いで宮廷から離れなければならないのはわかるが、相当乱暴な走り方だ。軒車の中で何度も身体が跳ね上がる。毬のようにあちこち体をぶつけて硝飛は幾度も悲鳴を上げた。下手をしたら頭を打って気を失うのではないかと案じ始めた時、軒車がようやく止まった。

「な、なんだ？」

座席で倒れていると、おもむろに軒車の扉が開いた。林迅の姿を見てホッとする。降りろと促されて身体を動かそうとするが、暴れ軒車の恐怖で腰が抜けたのかなんなのか身体が思うように動かなかった。

「脳天打った。腰ぶつけた。脛あざだらけ。腕折れかけた。尻痛い……」

思いつく限りの負傷を並べて、無様に這い出そうとすると、林迅が手を貸してくれた。

着ているものと相まって深窓のお嬢様気分だ。

「なんだよ、あの走り方！　お前御者に向いてないんじゃないのか!?」

ふがいない自分が情けなくて、硝飛はつい悪態をつく。

「しかたがないだろう。夜が明ける前までに、なんとしても城都を出たかったんだ。グズグズしているとお前が牢にいないのがばれるからな」

言われてみると、軒車から降りた場所は居住区を抜けた外壁の外にある森の中だった。

「ここで軒車を乗り捨てて、馬だけで移動する」

そう言いながら、林迅は馬を軒車から自由にした。二頭あるからこれに乗れということらしい。硝飛は一瞬難しい顔をしてしまった。林迅に訝しげに見られて、硝飛は本日二度目の情けない思いをしながら答えた。

「俺、馬に乗れない……」

「……」

長い沈黙の中、林迅は硝飛を凝視した。元々庶民は滅多に馬に乗らないのだ。宝具師としての修行に明け暮れていた硝飛は尚更だ。馬に乗る練習なんか生まれてこの方したことがない。

林迅はなぜか硝飛を直視し続けていたが、やがて眉一つ動かさずに言った。

「そうか。問題ない」

なにが問題ないのか。硝飛にはさっぱりわからない。

わからないことと言えば、この状況も同じだ。外壁の外に出たことでいったん落ち着いた硝飛はようやく林迅の思惑に踏み込むことにした。

「なんで俺を脱獄させてくれたんだよ。捕まったら、お前だって首が飛ぶかもしれないんだぞ」

「……」

林迅は無言で馬の背を撫でていたが、少し言いにくそうに口を開いた。

「お前に助けてもらいたいことがある」

「……え?」

それは、予想外の言葉だった。処刑間近だった囚人に、公子である林迅がなにを助けてほしいというのか。

「お前が鉞を偽物だと言ったことを俺は信じている」

硝飛は目を見開いた。

「お前の腕は李おじさんと並ぶものだ。そのお前が言うなら、あの鉞が皇帝の宝具でないことは間違いないんだろう」

「林迅……」

思わぬ信頼に硝飛は少しだけ嬉(うれ)しくなった。成人の儀では皆に妄言扱いされたが、林迅はまったく硝飛に疑いを持っていなかったのだ。それどころか、自分の宝具師としての腕を心から信頼してくれている。

　それならそうと早く言ってほしかった。再会してから数十日。いくらでも言う機会はあっただろうに。

「そ、それほどでもないけどな……。俺ぐらいの宝具師なら他にもいるだろうし」

　ちっとも思っていないが、一応謙遜（けんそん）してみせる。林迅はそれには触れず淡々（たんたん）と続けた。

「――だが、お前があの場で鉞が偽物であることを指摘したおかげで、ずいぶんとまずいことになっているのは事実だ」

「まずいこと？」

「陛下の成人の儀を行えなくなったばかりか、問題は汪家の責任問題にも発展してしまった」

「汪家の？　なんで。不敬を働いたのは俺なんだから、汪家は関係ないだろ」

　暗い森の中、ぶるるといななく馬を宥（なだ）めながら林迅は続けた。

「皇帝の宝具を管理保管していたのは礼部だ。宝具が偽物ということになれば、礼部の尚書（しょうしょ）である義父上（ちちうえ）が責任を負うのは当然だ」

「あっ……」

　そうだ。こんな簡単なことにも気づけないとは迂闊（うかつ）にもほどがある。硝飛は宝具師の玲持(きょうじ)としてあのまま成人の儀を行うことはできなかったが、それによって責任を負う者が幾人も出てくることは必至だ。その筆頭が礼部の尚書、汪界円(かいえん)であることは火を見るよりも明らかだった。そもそも覡は、気を入れて触れれば宝具の魂魄(こんぱく)を感じ取れる宝具師とは違う。それなりの儀式を行って初めて宝具の真偽を問えるのだ。界円は己が守護していた皇帝の宝具に対して、大仰な儀式を行う必要性を感じていなかったのかもしれない。

「ごめん、そこまで俺考えてなくて……」

下手をすれば、汪家は一族郎党処刑されかねない。それは林迅も同じことだろう。

「……今、義父上は事の真偽がはっきりするまで蟄居(ちっきょ)を言い渡されている。もし、鉞が偽物であるという確証が得られれば、極刑は免(まぬが)れない」

「……っ」

「義父上は全ての責任は自分にあると覚悟を決めていらっしゃるが……俺はどうしてもこのまま義父上を放ってはおけない。汪家を救うためにも、そして国のためにも俺は本物の鉞を探し出さなければならないんだ」

「本物の鉞を探すって……」

「お前は昔から霊力が強く、宝具師としての腕も一流だ。なんとかして、本物の鉞を探し出す方法はないものだろうか。あるならば協力してほしい」

林迅の顔がわずかに歪んだ。彼も必死なのだろう。半分懇願(こんがん)のようにも見えて、硝飛はなんとなく寂しい気持ちになった。

「お前、よっぽど汪家に大事にされてたんだな」

「……ここまで育ててもらった恩がある。義父上にも義兄弟たちにも感謝をしている。俺はどうなってもいいが、彼らをみすみす死なせたくはない」

「そうか」

林迅の家族は、もう李親子ではなく汪家なのだ。それを再認識させられて、硝飛は小さく笑った。

「いいよ、俺もお前に恩があるし」

林迅がわずかに顎を上げた。

「恩？」

きっと、彼は幼い頃の川原での出来事など覚えていないだろう。そう思い、硝飛は満面に笑みを浮かべた。

「俺を脱獄させてくれただろう？　三日後に処刑されるはずだったんだ。お前は俺の命の恩人だよ。元々俺のせいでお家の一大事にもなってるわけだしな」

硝飛はポンポンと林迅の背中を叩いた。

「それに俺、本物の鉞がどこにあるのか、手掛かりをまったく持ってないわけじゃないんだ」

「――？　手掛かりがあるのか？　どういうことだ」

「あー。ええと……」

　自分を魂縛している幽鬼の存在を話しておいた方がいいと思ったが、あまり自慢できることではないので、口の中でもごもごしていたその時――。

「――！」

　急に林迅の顔が険しく変貌した。

「え？」

　前触れもなく押し倒され、硝飛が混乱していると、数本の矢が二人の上を飛んでいった。

「!?」

「どうやら、もう見つかってしまったようだな」

　林迅の呟きと同時に、複数の松明が森の中でともった。出てきたのは、宮廷の武官たちだ。

「脱獄とは大胆な真似をするものだ」

　矢を弓につがえてまっすぐに硝飛を狙っているのは、あの宰相の息子流白蓮だった。ただでさえ狡猾そうな顔をしているのに、口角が上がっているせいでますます悪辣に見える。

「これはいったいどういうことかな汪公子。貴殿まで罪人と一緒とは。まさか清廉潔白な貴殿が李硝飛の脱獄の手助けをしたとでも？」

「……そうだ」

潔いほどいっさいのごまかしをしない林迅を、白蓮は鼻で笑った。

「残念だよ。汪林迅。いい友人になれると思っていたのに、こんな形で貴様に弓を向けることになろうとはな！」

嘘をつけと、硝飛は舌を出した。その証拠に白蓮の顔は嬉々とした表情を隠せていない。どうせ目障りだった林迅を始末できると喜んでいるのだろう。

白蓮の思惑がわかっているのかいないのか、林迅がスラリと倭刀を鞘から抜いた。

それは月明かりに照らされた宝玉のような美しさだった。刃紋は美麗な波形。切っ先は鋭く鋭利で、空気さえ切り裂きそうだ。凜として涼やかな刀身はまるで三日月そのものだ。

「やめておけ。お前はもう終わりだ。その自慢の顔に傷をつけたくはないだろう。投降した方が無難だと思うが？」

「……」

硝飛は思わず林迅を見た。この数の武官たちを相手に、切り抜けられるのだろうか。

「硝飛は渡せない」

林迅が強い声音で言った。静寂に響いたその決意に、硝飛も覚悟を決める。己の剣を抜くと、しっかりと身構えた。

馬に乗る練習はしてこなかったが、剣の修錬だけは欠かしたことはない。それは自分の宝具が剣だからだ。こんなに立派な剣を父から授けられた以上、それを振るえるだけの腕を身につけたかった。きっと林迅も同じだろう。宝具と人は一心同体。扱えずして主とは言えない。

「あくまで逆らうか。しかたがない、捕らえよ！」

白蓮の一声によって、武官たちが一斉に飛びかかってきた。一人の武官の槍が胸に迫る。それを蝶輝で叩き払い跳びすさった硝飛は、武官の顔を見て愕然とした。槍を握っていたのは帆浩然だったのだ。

「浩然兄」

「まったく、どんな因果でこんなことになるんだかね」

浩然は槍を肩に担いで首を横に振った。

「お前が罪人で俺が武官？　お互い宝具師を目指していただけなのに、いったいどうしてこうなっちまったんだか！」

言いながら、浩然の槍が硝飛の蝶輝を狙う。

あの槍は浩然の宝具なのだろう。いっさいのぶれもなく的確に狙ったところに槍先が迫ってくる。硝飛は避けるので精一杯だ。ちょこまかと動く硝飛に業を煮やしたのか、浩然は槍を近くの大木に突き刺した。

「――っ！」

大木はズズンと大きな音を立てて、倒れてしまった。

相当太い幹だというのに、ほんの一突きでああなってしまうのか。あんなもので刺されたら骨などいとも簡単に砕けてしまう。彼の宝具はたいしたものだ。

「どうした、硝飛。お前が李おじさんから授かった宝具はそんなものなのか？　もっと反撃してこいよ」

「うるさい！」

反撃できるものならしている。だが、どうしても身体が躊躇してしまうのだ。相手が浩然というのもあるが、それ以上に、蝶輝を本来の宝具として振るいたくはなかった。

実は、この剣は近くの幽鬼の魂魄を吸い込むことによって驚異的な強さを発揮する宝具だ。いったん幽鬼の魂魄を吸い込むと、禍々(まがまが)しい気を放ち斬(き)りつけた相手の肉を腐(くさ)らせる。最悪なのがこれに斬られて死んだ者は必ず幽鬼となってしまうのだ。そんなこと、いくら敵でも寝覚めが悪くてしょうがない。だから、よほどのことがない限り硝飛は普通の剣としてしか使わないようにしている。

硝飛が複数の武官の剣を受けつつ、浩然から逃げ回っている間、林迅もまた武官たちの剣を真正面から受けていた。林迅の刀の腕もたいしたもので次々に武官たちが倒れていく。白蓮の正確な矢もなんとか叩き払い、両者は睨(にら)み合う。

白蓮の弓矢も宝具なのだろう。四本もの矢を同時につがえ、まっすぐに林迅に飛んでいく様は人間業を超えている。主の思念に同調し、狙った獲物へと正確に向かっていくようになっているのだ。林迅は身を翻してそれを幾度も避けている。

そんな二人を横目で見ながら、硝飛はふと違和感を覚えた。林迅も自分と同じように本来の宝具として倭刀を扱っていないように思えたのだ。

（いや、あれは……）

扱っていないのではなく、扱えていないのか？

なんだ、この引っかかりは。

余計なことに気を取られている隙に、硝飛の顔に槍が向かってきた。油断していた硝飛はとっさに避けることができなかった。顔面を庇いつつも覚悟を決めたその時、一枚の呪符が浩然の槍に貼り付いた。どうしたことか、槍はピタリと止まり、まったく動かなくなった。

「なんだこれは！」

浩然は動かない槍をなんとか振るおうとするが、槍はまったく言うことをきかない。

「硝飛！」

鋭く林迅に名を呼ばれた刹那、硝飛は馬上の彼に腕を摑まれた。もの凄い力で引き上げられ、硝飛はあたふたと馬の背に乗る。

「ど、どうしたんだよ、あれ！」

硝飛は浩然の槍を指さした。見ると白蓮の弓にも同じ呪符が貼られていた。逃げる二人を悔しそうに睨みつける白蓮の鬼のような顔が怖くて、硝飛は前を向く。

「あれは宝具封じの呪符だよな？」

宝具封じの呪符とは、道士や覡が使うことのできる呪符の一つで、文字通り宝具の霊力を一時的に抑えることができるものだ。あれを貼られたら、宝具はただの武器や装飾品に成り下がり、己の腕だけでしか戦えなくなる。

まさか、林迅が呪符を使えるとは思ってもいなかった。

「義父上に習い、俺も覡の修行をしていた。多少なら呪符も使える」

「そ、そうなんだ」

「それより、振り落とされないようにしっかり摑まっていろ！」

硝飛は申し訳程度に林迅の腰を摑んでいたが、強引に手を前に回されて、ようやく馬に乗れなくても大丈夫だと言われた意味を理解した。

本日三度目の情けなさを覚えながら、硝飛は振り落とされまいと林迅の腹に強くしがみついた。

幸い、白蓮たちはそれ以上追っては来なかった。

夜が明け、疲れてきたのでいったん川辺で馬を下り、二人は水を飲む。

「しかし、覡ってすごいな。お前が正式に覡になったら、魂入れも難なくこなすんだろうな」

あの呪符のおかげで逃げおおせたので硝飛が礼を言うと、林迅は微妙な顔をした。

「別に俺は覡を目指しているわけじゃない。義父上に才能があると言われたから、とりあえず修行しているだけだ。本当は俺は武官になりたかった」

「武官に？」

「この倭刀を思う存分振るうことができる武人の方が、俺には合っているように思う」

林迅は優しく刀に触れた。ずいぶんと大事にしているようだ。

「その倭刀、お前の宝具だよな」

「ああ」

「お前、ちゃんと宝具に魂入れをしてもらった？」

「どういう意味だ」

ピクリと林迅の片眉が上がった。最初は能面だと思っていたが、だんだんと彼の顔の表情が読めるようになってきた。

「いや、あのさ。さっき見てたらなんか扱いづらそうにしてたから。宝具としての力が十分に発揮されてないいんじゃないかと思って」

林迅は無言の上に無表情だったが、これは怒って睨んでいるのだと硝飛は察した。

「いや、お前の霊力ならもっと倭刀が別の力を発揮してもいいような気がして……それとも力をわざと抑えてる？」

特殊な理由がある自分のように、林迅も宝具を抑制しているのかと思ったが、彼の反応からすると、どうもそうではないらしい。

「この宝具は義父上に魂入れを行ってもらった。もしこれが宝具としての役割を果たせていないというのなら、それは俺の力不足だろう……そんな宝具を持つ人間はこの国にはごまんといる」

「そう……なのか？　でも、お前は……」

硝飛が見たところ、林迅に霊力はしっかりとある。でなければ汪家が覡の修行などさせないだろう。だが、倭刀に魂入れを行ったのが汪界円だというのなら、宝具自体に問題があるとは思えない。だとしたら、やはり林迅の霊力不足なのだろうか。

「ごめん、余計なことを言って。俺の勘違いだな」

林迅はそれには答えず、馬に草を与えた。

「これからのことだが、お前は先ほど本物の宝具の手掛かりがあると言っていたな」

「あ、ああ。うん」

川原の石に腰掛けて、硝飛は頬を掻いた。

「実は俺、今とある幽鬼に魂縛されててさ」

大げさに思われないように、なるべくサラリと口にすると、林迅の動きが止まった。草を与えてもらえず、馬が不服そうに鳴き声を上げる。

「幽鬼に魂縛？」

「うん」

「いつから」

「牢の中で。……たぶん高貴な女人っぽいんだけどな」

林迅の手から草が全て滑り落ちた。馬はしかたなく地面に口をつけて自分で草を食む。

絶句している林迅に、硝飛はポツリポツリと牢の中の出来事を語った。

あらかた聞き終えると、林迅は呆れたように溜め息をついた。

「幽鬼に同情は禁物だ。これは鉄則だろう」

「……わかってるよ」

サラサラと流れる川と林迅を交互に見つめて、硝飛は眩しいなと関係ないことを考えていた。昔、幽鬼に魂縛された時のことを言われるかと思ったが、林迅は触れなかった。やはり覚えてもいないのだろう。

「たぶん彼女は今俺の中にいると思うんだけど。記憶をほとんどなくしているらしいんだ。ただ一つ覚えているのは、自分が鉞を本物とすり替えたってことだけでさ」

「鉞をすり替えた？」

　まさかと言わんばかりに、林迅の目が見開く。鉞をすり替えた犯人がすでに亡き女人だとは思いもしなかったらしい。

「なんで、そんなことを」

「だから、それも彼女は覚えてないんだよ。だけど、俺に鉞を探してほしいって……」

「覚えてなくても、お前を魂縛するほどの悔いにはなっているということか」

「たぶんな……それで俺、畔南の街に行ってみようかと思って」

「畔南？」

　畔南とは、龍貴国の国土の十分の一を占める彩湖の畔にある街のことだ。文字通り湖の南側に位置しており、硝子細工職人の街としても有名だ。彩湖は近隣の国への国境にもなっているので、国を超える者はこの畔南に立ち寄ってから彩湖を渡る者が多い。彩湖周辺から取れる硝子の原料である珪砂と、越境者が落としていく金で栄えている豊かな街だ。

「どうして畔南なんだ」

「実は、ほんのりとだけど彼女から畔南の街の気配がするっていうか……なんていうか」

　魂縛された時に見えた風景は、畔南の街の特徴だった。人の魂魄には生まれた場所の土地神の欠片が含まれるといわれている。幽鬼自身がなにも覚えていなくても、魂魄に刻まれた生まれた地の記憶は簡単に消えるものではない。

「なるほど」

林迅はじっと硝飛を見つめたが、女の幽鬼の姿は見えないようだ。

幽鬼は魂縛した相手に憑依すると他人からは姿が見えなくなる。それゆえ道士や覡が憑依した幽鬼の祓いをする時は、まず幽鬼のあぶり出しから始める場合が多い。

「……厄介だな」

「ああ。でも、手掛かりがそれしかない以上、行ってみるしかないと思うんだ」

「そうだな……」

林迅は軽く頷くと馬の回復を確認して、颯爽とその背にまたがった。

「そうとなればグズグズしている暇はない。本格的に追っ手もやってくるだろう。急ぐぞ」

おもむろに手を差し出されて、硝飛はためらいつつも林迅に助けてもらいながら馬の背中にまたがった。

今度からしっかりと乗馬の練習をしよう。そう固く心に誓いながら、硝飛は自棄になって林迅の腹にしがみついた。

第三章　畔南の少女

1

皇帝の寝殿と執務室に繋がる中庭で、旬苑は昂明の姿を目にして声をかけた。昂明は一人、庭を彩る池の上に建てられた東屋で鯉に餌をやっていた。旬苑は急いで橋を渡り、兄のもとへと駆け寄る。元々昂明のもとへ向かっていた最中だったのだ。煩わしい取り次ぎを行わずにすんで好都合だ。

「兄上！」

「旬苑か。そのように息せき切っていかがした」

昂明はいたって穏やかな顔をしていた。昨夜から宮中を騒がせている事件のことを知らないはずはないが、表情からはその感情を読み取ることはできない。

兄は幼い頃から人当たりもよく、弟である自分にも優しかったが、どこか摑みきれない深い沼のようなものを持った人物でもあった。旬苑は慎重に言葉を選びながら、先ほど近侍に聞いたことをそのまま兄に尋ねた。

「地下牢に捕らえられていた宮廷宝具師が脱獄したと耳にいたしました」

「そのようだな」

昂明は他人事のように肯定すると、手にしていた餌箱の中から餌を掴み撒いた。澄んだ水の中から、魚たちがパシャパシャと跳ね出てきて餌にありつく。

「あの、それで……汪林迅が脱獄の手引きをしたというのはまことでしょうか?」

「……まことらしいな」

「……」

旬苑は、思わず信じられないと呟き首を横に振った。

あの汪林迅が、そんな愚かな真似をするはずがない。彼は数いる公子たちの中でも群を抜いて清廉で優秀な人物だ。そんな男が皇帝の命に背き、中央を裏切るなんて。

「兄上、出過ぎたことを申しますが、汪林迅は誰もが認める謹厳実直な男であります。聞けば、かつてあの宮廷宝具師とは兄弟同然の間柄だったとか。その者が処刑されると聞き、情に惑わされたものでしょう。……どうか、彼の命だけは……」

林迅の助命を求めて旬苑が膝を折ると、昂明がクックッと喉の奥で笑った。

「そなたは自分がなにを申しておるのかわかっているのか?　いかに謹厳実直であろうと

も、囚人を逃がしたのは事実。情に流されてのことだとしたらよけいに愚行といえるであろう？」

「そ、それは……」

「どんな理由があるにせよ、反逆行為であることには変わりがない。余に刃向かう者は誰であろうと容赦せぬ」

昂明はそう言うと、箱の中の餌を全て池にぶちまけた。頭を垂れていた旬苑は、兄が今どんな顔をしているのか見当もつかない。

「一臣下のために膝など折るな、見苦しい。だからそなたはだめなのだ。汪林迅を庇うようなことは二度と口にするな」

その声は低く、反論するなら弟であってもけっして情けはかけないと示していた。

「はっ」

慌てて立ち上がる旬苑を昂明は一瞥する。

「旬苑。そなた、こたびのことをどう思う？」

「こたびのこととは……鉞のすり替えについてですか」

「さよう。余が皇位についたのは父上が亡くなった六つの時じゃ。無論、政治のことなどなにもわからぬゆえ、母上と宰相の流安寧に全て任せきりだった。そのせいで、国民の間では余の存在はずいぶんと薄いものとなっておるであろう」

「そのようなことは……」

ないと言いたかったが、残念ながら昂明の自己への評価は正しいものだろう。十年の間に昂明の存在は国民の間で薄れ、その名を知らぬ者もいると聞く。反対に宰相の流安寧や皇太后明蘭の政治は庶民や世家の者にも評判が良く、全国民に親しまれている。中には、昂明帝が成人の儀を迎え、政治の表舞台に出てくることを不安視する者もいるぐらいだ。

昂明は長年、歯がゆい思いをしてきたに違いない。それに加えて今回の事件だ。

「もし、鉞が偽物ならば、皇帝の宝具をすり替えてまで、余を真の玉座に座らせたくない者がいるということだ」

「……」

「これは由々しきことだぞ、旬苑」

「はい」

「宮廷内に余に逆らう者がいるとはのう。とうてい許しがたい。相手が誰であれ、必ず見つけ出して血祭りにあげてやらねばな」

昂明はククッと喉の奥で笑った。その瞳があまりにも暗い光を湛えていて、旬苑は言葉を失う。

「そなたは、関わってはおらぬな?」

「もちろんでございます」

旬苑は声をうわずらせて、深々と拱手した。

「それを聞いて安心した。余もかわいい弟に惨いことはしたくはないからな」

昂明は餌箱を旬苑に押しつけて、橋の上を静かに歩いていく。執務室へと消えていくその背中を旬苑は肩を落として見送った。

兄の怒りは相当なものだ。これは、どんなに取りなしても林迅の助命は叶わぬだろう。

落胆したまま水面に目をやった旬苑は、一瞬我が目を疑った。

池の鯉が全て腹を向けて浮いていたのだ。

ほとんどがすでに息絶えているが、口をパクパクとさせて苦しそうに喘いでいるものものいる。――が、やがて、その鯉たちも動きを止めて全てプカリと裏返った。

「あ、兄上……」

橋にこぼれ落ちた毒々しい色の餌を見て、旬苑の背中に戦慄が走った。

ふと旬苑は、幼少の頃に自分が兄を怒らせてしまったことを思い出した。

その時、兄は何をした？

あまりの衝撃に、心の奥底に封じ込めていた忌まわしい記憶が蘇る。

『兄上、なにをなさっているのですか？』

腰を抜かして愕然としている幼い旬苑に、昂明は血だらけの小さな手を布で拭いながら言った。

『なにって、お前が私を怒らせるから、お仕置きをしたんだよ』

お仕置き？　なにに？

昴明の足元には血まみれの剣と子猫が転がっていた。

旬苑が名前までつけてかわいがっていた子猫だ。しかも、これは兄が自分に贈ってくれたものではないのか。子猫の首は、無残にも胴と離れて旬苑を恨めしげに見つめている。

旬苑はあまりの恐怖に悲鳴を上げて己の寝室に駆け込んだ。声をかけてくれる近侍たちにも本当のことが言えず、ただただ部屋の隅で震え続けた。

「……」

普段は穏やかな兄の残虐な本性はあの時に嫌というほど思い知ったはずなのに、今の今まで忘れていた自分を呪う。

旬苑は、死んだ魚たちから逃げるように足早に中庭を後にした。

2

三日の内に畔南に着いた硝飛と林迅は、馬を下りて賑やかな街の中を注意深く進んでいた。

畔南は彩湖から水が引かれた水郷だ。街の中は碁盤の目のように水路が流れていて、あちこちに船着き場がある。よく見ると民居の裏口にもそれぞれ船着き場があり、女性たちがそこで野菜などを洗っている。自家用の小さな舟がある民居も多いようだ。あれに乗って街の中を移動する方が、歩くよりも速いのだろう。街に張り巡らされた水路を行き交う舟は、畔南の人々にとって欠かせない移動手段であり、生活の基盤となる重要なもののようだ。

一方、街路にはいくつもの店が建ち並んでいた。二階建ての大きな宿屋、彩湖で獲れた魚を売る魚屋、同じく彩湖の綺麗な水で作った酒を売る酒屋に、おいしそうな匂いを漂わせている飯屋に新鮮な八百屋。そして、一番目を引くのは、いくつもの土産物屋だろうか。そのほとんどが、彩湖周辺で取れる珪砂で作った硝子製品だ。

土産物屋に並ぶ硝子製品の種類はさまざまだ。玉の代わりに硝子を埋め込んだ髪飾り、色とりどりの飴のように丸い硝子細工の簪、動物や霊獣をかたどった置物や食器類もある。とにかく珍しく美しいものばかりだ。そのきらめきは玉にも劣ってはいない。

とにかく畔南は、水路や硝子細工が太陽に反射して、やけにあちこちがキラキラと輝いている。加えて豊かさが人々に余裕を与えるのか、住民たちの顔も明るい。行き交う旅人も数多く、ここここそ極楽ではないかと勘違いしてしまいそうなほど活気に満ちた街だった。

「城都から来た俺たちでさえ、この賑やかさには圧倒されるな」

街に入るなり露店で林迅に買ってもらった小豆餡入り包子をもぐもぐと頬張りながら、

硝飛は言う。

「ここまで来たのはいいが、どうやって宝具の在処を探るかな〜」

「まずはお前を魂縛している幽鬼の正体を突き止めなければならないだろうな」

「そうだな」

腹が減っていたので、ほくほく顔で包子をかじっていると、やけに道行く人の視線が気になった。

すれ違う人すれ違う人、みな硝飛を見ていく。中には振り返って指をさす者までいるではないか。

(なんだ?)

街中で包子を食べ歩いてはいけないという条例でもあるのかと、急いで口に押し込んでいると、近くの土産物屋に呼び込みをかけられた。

「そこのお二人さん。畔南の硝子細工を買っていかないかい? 土産にすると喜ばれるんだ。――そうだ、お兄さん、連れの方に髪飾りの一つでも……」

威勢良く林迅に声をかけていた店主は、硝飛の顔を見たとたん、一気に声が小さくなった。硝飛は微妙な店主の顔にも気づかず、物珍しげに店に並べられた硝子細工に見入る。

「おー、すっごい綺麗だなー。やっぱり畔南の硝子細工は国一番だ。おい、林迅見てみろよ。これ硝子の中に花びらが入ってる。いったいどうやって細工してるんだ?」

感心しながら佩玉を眺めていた硝飛は、次に蝶の細工を施した佩玉を見つけて顔を煌めかせた。溶かした硝子を職人が蝶の形に形成したもので、二匹仲良く並んで飛んでいる。一匹は黒曜石のような輝きを放つ黒色、もう一匹は蒼玉のような深い蒼色だ。

「これは見事だなぁ」

蝶の佩玉を手に取って、硝飛はじっくりと観察する。細かいところまで細工が行き届いていて、とても丁寧な仕事だ。

ぜひ買いたいが、着の身着のまま牢から出てきたので金がない。ガッカリして佩玉を元に戻すと、横から林迅の手が伸びて店主に佩玉を差し出した。店主はじろじろと硝飛を見ながら、急いで蝶の佩玉を袋に入れる。

「いいのか？　林迅。これ高いぞ」

元々、硝子製品が普及されだしたのはここ数十年のことだ。物によっては玉よりも高いので、気軽に買ってもらうわけにはいかない。

「おじさん、やっぱり……」

「宝具捜索の協力料だ」

硝飛が購入しないむねを告げようとすると、サラリと言葉を遮られた。

「そ、そっか」

林迅がそう言うなら、ありがたくもらっておこう。満面の笑みで佩玉が入った袋を受け取ると、店主はこれでもかと奇妙な顔をして、無理やり口角をひん曲げた。

「ま、まいどあり〜」

ずっと店主に凝視されていたのが気になり、土産物屋を離れてから硝飛は林迅に耳打ちした。

「なぁ、あのおっさん。なんであんなに俺のことをじろじろと見てたんだ？　ひょっとして、俺がいい男過ぎて緊張してたのかな？　さっきから道行く人にも見られてるし。――あっ！　もしかして、もうすでにこんなところまでお尋ね者の人相書きが出回ってるとか⁉」

それならグズグズ物見遊山をしている場合ではないと青ざめると、林迅は呆れたように硝飛に目を向けた。

「お前が扇で顔も隠さず、堂々と道を歩いているからだろう」

「――？　扇で顔？　なんで……」

そこまで言って、硝飛ははたと気がついた。

「あっ！　俺まだ女装したままだった！」

己の姿をようやく思い出し、硝飛は薄桃色の外衣の袖を振った。

「残念だが、今のお前は女の格好で堂々と街中を闊歩する奇異な男だと思われている」

「だー！　なんで早く言わない！」

「まさか忘れてるとは思わなかった。文句を言わないので着心地がいいのかと」

真面目な顔で返されて、硝飛は羞恥で憤死するかと思った。土産物屋の店主の刺すような眼差しも納得だ。

「お前、よくこんな姿の俺に佩玉なんか買ったな！　あの店主、絶対妙な誤解をしてるぞ！」

「誤解？」

林迅が本気でわかってなさそうなので、硝飛は扇で顔を隠して肩で怒った。

「とにかく、宝具探しの前にまずは仕立て屋だ！　既製品でいいから、そこで男物の衣装を買ってくれ！」

「いいだろう。その姿じゃ、宝具探しに支障がでるかもしれないしな」

そういう問題じゃないと唇をわななかせて、硝飛は必死で仕立て屋を探す。

なるべく人目につかないように歩きながら、硝飛はようやく一軒の仕立て屋を見つけて飛び込んだ。

「いらっしゃ……っ!?」

愛想のいい店主の顔が強張ったのを見て、硝飛は我が事ながらうんうんと何度も頷いた。

気持ちは痛いほどわかる。さぁ、俺を助けてくれ！　と無言の圧力で迫ると、店主は頬を引きつらせながら、か細い声で言った。

「男物の衣装をお探しで？　お仕立てでしたら……」

「既製品で結構です！　すぐ着るから！」

力説すると、店主は奥から何着かの深衣や上衣・裳を持ってきてくれた。とりあえず、林迅が黒を主体としているのでなんとなくそれを避けて、薄い水色の上衣や裳などを一式選んだ。上衣の袖と裳の裾は薄墨色に染められ、銀糸で刺繍が施された見事なものだ。太帯も同じように薄墨色で銀の刺繍が施されているものを選んだ。

この薄桃色のひらひらを脱げるのならなんでもいいと思っていたが、なかなか良い衣装を手に入れることができた。とても既製品とは思えない。

店主に着付けを手伝ってもらい、ようやく男に戻った硝飛は実に満足そうに腰に手を当てた。先ほど林迅に買ってもらった佩玉を帯につけると、ますます衣装に箔がついた。

「うん、これでこそ俺だ。ようやく男前に戻れた」

「なにを着ても変わりがないように思えるがな」

「お前の目は節穴だな。だからあんな格好の俺と歩いてても平気だったんだな」

女装と男装では硝飛の男前度がまったく違う。それがわからないとはかわいそうな奴だと哀れみの眼差しを向けると、仕立屋の主人が揉み手で近寄ってきた。

「よくお似合いですよ。旦那。――で、お代ですが……」

へらへらとこちらを見る店主に、硝飛は林迅を指さした。

「お代はこいつからもらってくれ」

買ってもらうのに偉そうな硝飛を責めもせず、林迅は懐から銀を取り出した。

「へへ、こりゃどうも」

大切そうに銀を受け取った店主に、硝飛はこの街に来た目的をようやく思い出した。

「そうだ、おじさん。ちょっと聞きたいことがあるんだけど」

「へぇ、なんでしょうか」

「俺たち、いま人を探しててさ。すっごいきれいな女の人なんだけど」

「きれいな女？　さて、畔南は美人が多いので有名ですからね。その女性のわかりやすい特徴があればいいんですが」

「特徴……。うん、特徴ね」

硝飛は幽鬼の顔の特徴を一つ一つ思い出す。

「えっと、顔は瓜実顔かな？　瞼が珍しく三重でさ。こう鳥が羽を広げたみたいに、目尻に向かって三本の線が描かれてるみたいで……。左目の下に大きなほくろ。それから右目の色素が少し薄かったかな？」

「ほう、そりゃ結構な特徴ですね」

「だろ。どう？　心当たりはある？」

店主はしばらく頭をひねっていたが、やがて諦めたように首を横に振った。

「残念ですが、心当たりはありませんねぇ。自分は畔南に店を出して十年になりますが、昔からの商売人が多いこの街じゃまだ新参者ですからね。街の隅々まで知ってるわけじゃないんで」

「そうかぁ」

期待が外れて、硝飛はがっかりした。まぁ、一軒目ですぐに見つかるとは思っていなかったので、これから何軒も店や民家を訪ね聞いて回るしかない。今のところそれしか方法がないのだから。

硝飛は店主に礼を言うと、林迅と共に仕立て屋を出た。今度は誰からも視線を向けられないのでホッとする。

「ようし、林迅。これから二手に分かれて聞き込みを開始しようぜ」

「俺はお前を魂縛している幽鬼の姿を見たことがない」

「でも、今の特徴を話せばだいたいわかってもらえるだろ。少し高貴な人間かもしれないってことも付け加えて聞いてみろよ」

「……」

林迅は不満そうに馬の背を撫でる。

「なに？　なんか文句があるのかよ」

「あまり、他人と会話をするのは得意じゃない」

「……え？」

「お前のように見知らぬ人にいきなり話しかけるのはどうも気が引ける」

「……そうなのか？」

意外な言葉にキョトンとした硝飛だが、次の瞬間ハッと口を大きく開いた。

「それって人見知り!?」

まさかと思いながらも指摘すると、林迅は嫌そうに眉根を寄せた。

「違う。元来俺は人と接するのが好きじゃないんだ」

硝飛は呆気(あっけ)にとられて、不機嫌な林迅を見つめた。

「ふ～ん。お前は好意を持っている者とそれ以外じゃ態度が百八十度違うもんな」

「なんだ、それは」

「別に」

硝飛は少し拗(す)ねて、買ってもらった佩玉を指で弾(はじ)いた。

「そうは言っても、こんな大きな街での人探しだ。文句は言ってられないだろ。幸いお前は誰が見ても貴公子なんだから、いきなり話しかけても大丈夫。みんな心を開いてくれるよ。だから、聞き込みは二手に分かれて。な？」

「……わかった」

駄々をこねるのも大人げないと自覚しているのか、林迅は承諾した。硝飛はさらに指示を出す。

「女の正体を探ることもそうだけど、それとなく『鉞』のことも聞いてくれ。宝具って言葉は使わないようにな。女と鉞の繋がりがわかれば万々歳だ」

「……言われなくてもそうするつもりだ」

硝飛は顔を引き締めて真面目に言った。

「くれぐれも気をつけろよ。夕暮れになったら、街の入り口にあった宿屋で落ち合おうぜ」

「ああ」

仏頂面のまま林迅は馬と共に硝飛に背を向ける。

なんだか急に不安になって、硝飛は大声を出して林迅に手を振った。

「お前、男前だから、なるべく女人に声をかけろよー！　そうすりゃ、相手が勝手に喋ってくれるから〜！」

「うるさい！」

珍しく怒鳴り返されて、硝飛はクスッと笑った。なんだか、子供のお使いを見送る親の気分だ。

少しからかい過ぎたが、再会からこっち無駄に傷つけられているのだからこれぐらいの仕返しはいいだろう。

硝飛はキョロキョロと周囲を見回し、適当なところから聞き込みを開始した。

3

林迅と分かれて一刻ほど過ぎた。硝飛は休むことなくあちこちの店を回り、女の素性を聞いたが、口頭で特徴を述べるだけでは難しいらしく、みな首を横に振るだけだった。中には金がないと見るや、渋い顔で話を聞いてくれない者までいた。林迅に少し小遣いをもらっておけばよかったと後悔しながら、硝飛は諦めることなく、今度は民家の戸を叩き始めたが、誰もが首を傾げるか不審がって戸をきつく閉めてしまうかのどちらかだった。

ここまで来て、硝飛はようやく疑問に思い始めた。

今、自分を魂縛している幽鬼は、本当に畔南の出身なのだろうか。憑依された時に見えた光景はたしかに畔南のものだと思ったが、考えてみれば湖の畔にある村や街などは他にもある。硝子細工は畔南の特産品ではあるが、見えた硝子が畔南のものであるとは限らない。

「せっかく畔南まで来たのに、間違ってましたはないよな」

硝飛はいささか自分が信じられなくなって、幽鬼を呼び出そうとしたが、どうしたことか自分に憑依しているはずの女の声は聞こえなかった。今は自分の中にいないらしい。基本的に幽鬼は魂縛した者に憑依するのもしないのも自由だ。行きたいところがあればどこへでも行く。畔南に着いてから気配が消えたということは、やはり彼女もこの街が気になっているのかもしれない。

なんの収穫もないので途方にくれていると、露店の饅頭屋が目に入った。腰の曲がった老婆が露店で饅頭を蒸している。饅頭は小麦粉を練って蒸しあげたもので皆に親しまれている主食だ。家によって微妙に味が違うのが特徴で、皆それぞれの家庭の味が一番だったりする。硝飛はほんのりとした甘味を感じる饅頭が大好きだが、あの素朴な味を出すのは簡単なようでいて難しい。だから、ああいう年季の入った人間が作る饅頭は本当にうまいのだ。

再び腹が減ってきたが、なにせ金を持っていない。硝飛は派手に鳴る腹を押さえて、じっと老婆を見つめていた。

ほかほかと蒸しあがる饅頭を見ているうちに、ふと仕立て屋の店主が言っていた言葉を思い出した。

『残念ですが、心当たりはありませんねぇ。自分は畔南に店を出して十年になりますが、昔からの商売人が多いこの街じゃまだ新参者ですからね』

そういえば、聞き込みに回ったうち数件は同じようなことを言っていた。畔南は栄えている街だけに、新しく商売を始める人間もそこそこいるらしいが、それでも、十年はまだ新参者だという。もしあの幽鬼が硝飛が思っているよりももっと昔に亡くなっているのだとしたら、新参者に聞いても知らないのは当然だ。

　硝飛は鳴る腹を堪えながら、饅頭屋に近づいた。

「なぁ、おばあさん」

「はいよ、いくつ入れようかね」

　老婆は蒸し器から饅頭を取り出そうとしたので、硝飛は慌てて人を探しているのだと言った。老婆はフンッと鼻を鳴らし、蒸し器の蓋を閉める。

「どんな人間だい」

　迷惑そうだが話は聞いてくれるらしい。

「えっと、すごい美人で……」

　女の特徴を細かく話し、最後に高貴な身分でありそうなことと、さりげなく鉞の話を付け加えると、老婆はなにやら考え込み、古い記憶を呼び覚ますように目を細めた。

「右目の色が薄い……？　右目に特徴があるといえば硝子職人の仙さんとこの娘さんじゃったがね……」

「え!?　おばあさん、彼女を知ってるの？」

「鉞のことは知らんし、高貴な人間というのもピンとこんが、あんたの言う特徴なら仙さんとこの娘さんじゃが……。めっぽう美人でこの街では有名じゃった。けどな、仙さんの娘さんの右目は色が薄いんじゃない。元からないんじゃよ」

「え？」

「母親の腹から出てきた時から右目がなくてな。いつも眼帯をしておった」

「眼帯……」

幽鬼となって硝飛の前に現れた彼女はちゃんと両目を持っていた。幽鬼になるとないものもあるように見えるのだろうか。

「そ、その仙さんの家ってどこにあるか知ってる？」

「さて、家までは知らんが、街の北の街路で硝子細工を売っておったはずじゃが……」

「街の北だな！　ありがとう、おばあさん」

礼を言って、さっそく北へ向かおうとすると、老婆が硝飛を引き止めた。

「待ちんさい。そう急いて行っても、仙さんには会えんぞ。わしの話は二十年以上も前のものじゃ。娘さんのことは知らんが、仙さんもその妻君もとっくの昔に亡くなっておるわ」

「二十年以上も前!?」

さすがに硝飛は仰天した。そんな昔の話ならいくら聞き込みをしても無駄なはずだ。

「娘さんも四十はとうに過ぎておる。どこぞに嫁にいっとるじゃろうし。兄弟もおらんかったしな……。この街にはもうおらんじゃろう」

実は、彼女はすでに亡くなっているとは言えず、硝飛はぎこちなく老婆に頭を下げた。

期待が薄いとわかっていても足は北へと向かう。

さて、これからどうするか。仙家の人間は娘も含めて全員亡くなっている。親戚にでも会うことができればいいのだが。

（だけど、幽鬼の特徴だけから仙という家の名前まで辿(たど)り着いた。これでいくらかは聞き込みがしやすくなるはずだ）

そう思いながら、北の街路に足を踏み入れ、適当な店に入って仙家の話をすると意外にもすんなりと居所が知れた。

「ああ、仙さんならあそこの露店で硝子細工を並べてるのがそうだよ」

飯屋の親父(おやじ)が親切にも店から出てきて指をさして教えてくれたのは、数軒ほど先の露店だった。建物内で店を構えているのではなく、先ほどの饅頭売りの老婆と同じく街路に台を並べて硝子細工を売っている。単純に店舗を構えるだけの金がないのかもしれないが、あえて露店で物を売る者もいる。その方が身軽に移動できるからだ。

露店には十代半ばの若い娘が立っていた。客の相手をしているようだが、その客を見たとたん硝飛はゲッと声を出した。少女と話をしているのは二人の公吏(こうり)ではないか。

「嘘(うそ)だろ」

お尋ね者の自分に役人は鬼門だ。

「ああ、また来てるよ。あいつら懲(こ)りないねぇ」

飯屋の親父はやれやれと呟いて店の中に引っ込んでしまった。残された硝飛が二人に注視していると、公吏の一人が少女の腕を摑んだ。

「何するのよ！」

少女は激昂するが、公吏は構わず少女を露店から連れ去ろうとする。

今騒ぎを起こせないのはわかっているが、仙家の娘を連れ去られるわけにはいかない。

硝飛は露店へ走ると、公吏を少女から引き離した。

「なんだ、貴様は！」

「あんたたちこそ、こんな若い女の子を捕まえてなにしてるんだよ！」

「黙れ！　俺たちはこの娘と交渉をしているんだ！」

「交渉？　乱暴を働くのが交渉なのか？」

「ぶ、無礼者め！」

直情的に剣を抜かれて、硝飛は眉間に皺を寄せる。公吏の一人や二人ぐらい、自分の腕ならどうとでもなる。だが、さらに騒ぎを大きくするわけにはいかない。さて、どうしたものかと考えを巡らせていると、少女の声が飛んできた。

「どこの誰か知らないけど、お兄さんありがとう！　じゃあね！」

なんと、少女はいつの間にか商売品を片付けて、遙か彼方へと逃げ去ってしまったではないか。

「え？　ちょっ！」

なんという素早さだ

「待ってくれ姑娘（お嬢さん）！　俺、あんたに話が！」

必死に叫んで呼び止めたが、少女は振り向きもせずに信じられない俊足で去っていった。

「ちょっと、おい！　待てよ！」

「待つのはお前だ！」

少女を追いかけようとしたが、公吏たちに肩を摑まれた。

公吏の剣が硝飛の頰に当てられる。もう、こうなったら騒ぎを起こしたくないなどと悠長なことを言っている場合ではない。硝飛は素早く屈んで剣先を外すと、公吏の脛を思いっきり蹴った。

「いだぁ！」

急所をやられて公吏の一人が屈む。その隙をついて硝飛は脱兎のごとく逃げ出した。

「待てー！　貴様ー！」

公吏の怒声を背後に聞きながら懸命に走り、硝飛は少女を探す。だが、どこにも姿が見えない。どうやら完全に見失ってしまったようだ。公吏に追われて逃げ込んだ先は、水路だった。うっかり行き止まりに迷い込んでしまい、硝飛は立ち止まる。両端には民家、目の前は水路。民家の庭にこっそり隠れるにしても、すぐに見つかるだろう。いっそ水路に飛び込んでしまおうかと思っていると、どこからか小さな声がした。

「お兄さん」

キョロキョロと周囲を見回すと、ほんの少し先にある橋の下に小舟が一艘(そう)浮いていた。

「こっちこっち！」

見ると、あの少女ではないか。少女は櫂(かい)を手にして硝飛を手招きしている。この舟に乗れということらしい。

「いたぞ！」

公吏の声が響き、硝飛は振り向いた。なぜか二人から五人に増えた公吏たちが鬼の形相で迫ってくる。

後がなくなった硝飛は、水路に剝(む)き出しで突き出ている民居の梁(はり)にぶら下がった。何度か水路に落ちそうになりながらも、腕の力だけで梁をつたって橋の上まで辿り着き、勢いをつけて飛び降りる。硝飛が橋の欄干(らんかん)に乗ったのを確認して、少女が舟を出した。

「今よ！」

声が聞こえたと同時に、硝飛は橋から身を投げた。見事に舟上に着地すると、少女は力強く櫂を漕(こ)ぎ出した。

「はぁ。とんだ目にあった」

舟の上でへたり込むと、少女が小さく肩をすくめた。

「ごめんね、お兄さん」

「見捨てて逃げるなんて、ひどい奴だな」

「見捨ててないわよ。お兄さんがあの橋まで逃げてくるのを待ってたのよ！　この街の水路は入り組んでるからね。逃げるなら水路に限るの」

　本当かよとあからさまに疑ったが、しばらく進むと本当に公吏たちの姿は見えなくなった。

　ホッとして、改めて少女を見ると、どことなく幽鬼の女と似ている気がする。瓜実顔で目はぱっちりと大きく、唇は小さい。美人というより美少女という方がしっくりくるだろうか。薄い橙（だいだい）色の上衣と裳に身を包み、前髪を横に流した簡単な両把頭（りょうはとう）は硝子細工の髪留めで飾られ、よく似合っている。見ると身につけた装飾品は硝子細工ばかりだ。どれも見事な細工で硝飛は感心した。

「姑娘、名前は？」

「あたし？　あたしは仙香寿（こうじゅ）。お兄さんの名前は？」

「あー、俺は李（り）硝飛」

　仙家の娘であることに間違いはないようだ。危険を冒（おか）してまで彼女を救ったのは正解だった。

「李硝飛？　じゃあ、硝飛兄さんって呼ぶね」

　元来人懐っこい性分なのか、少女は朗（ほが）らかにそう言った。

いきなり男を下の名前で呼ぶ娘も珍しい。「いいでしょ?」と問われたので、特に断る理由もなかったので了承した。

「じゃあ、俺は仙姑娘で……」

「香寿でいいよ。姑娘って柄じゃないもん」

「それなら、香寿。俺が櫂を持つよ」

　硝飛は船頭を代わろうとしたが、香寿は自分の方が慣れているし、水路にも詳しいので速いと言って譲らなかった。ずいぶんと活発な少女のようだ。

　しかたなく舟に座り直し、硝飛は街並みを眺めつつ香寿に問うた。

「しかし、なんで君は公吏と揉めてたんだ? 違法な商売でもしてたのか?」

「失礼ね、違うわよ。あいつらはあたしに後宮へ上がるよう無理強いしに来たのよ。毎回断るもんだから、とうとう腹を立てたみたいで暴言を吐かれたから、あたしも負けじと言い返してやったら手を上げられそうになってさ」

「後宮!?」

　驚きの単語が飛び出してきたので、硝飛は思わず声をひっくり返した。後宮とは皇后や、その他の妃が住まう場所だ。宮廷の後部に建物があり、男性は皇帝と宦官しか入れない。宮廷以上に魑魅魍魎が跋扈すると噂される女人の園だが、後宮入りをすれば皇帝の目にとまり妃になることも夢ではない。

「なんで君が後宮に？」

基本、後宮入りする女官は身分の高い娘が多い。街の露天商が簡単に入れる場所ではないはずだ。

正直に疑問を口にする硝飛を香寿はチラリと見た。

「あー。その顔、硝飛兄さんさ、畔南の人間じゃないでしょう？　旅の人？」

「あ、ああ城都から来た」

素直に答えると、香寿はあからさまに嫌な顔をした。

「城都か〜。だったら、よけいに知らないのかもね。あたしが言ってるのは後宮は後宮でも忘れられた後宮華郭島のことよ」

「華郭島って？」

「華郭島は彩湖の中間地点にある小さな島のこと。先々代の皇帝が築いた祭祀場があるの。でも、祭祀場なんてのは建前。本当は女好きだった先々代の皇帝のために造られた第二の後宮なの」

小舟は気持ちいいほどスイスイと水路を進むのに、香寿から出てくる言葉は据わりの悪いものばかりだ。

「先々代は中央にある後宮じゃ満足できなかったんでしょ。いかに皇帝といえども、しきたりや厳しい規則は煩わしく感じるでしょうしね。だから、自分が女たちと自由気ままに楽しめる第二の後宮を造ったのよ」

「まさか……」

硝飛は本気で驚いていた。そんな島が彩湖にあるなんて一度も聞いたことがない。

「公(おおやけ)にはされてないから兄さんが知らないのも当然よ。だから言ったでしょ。表向きは祭祀場だって。——あ、後宮なら豪華な暮らしができていいだろうとか思ってたら大間違いよ。あの島は先々代の皇帝が亡くなってからは一度も皇帝のお渡りがないの」

「一度も？」

「先代は女にそんなに興味がなかったらしいし、現皇帝はまだ子供だしね。だけど、いつその時がやってくるかわからないから、華郭島には定期的に若い女たちが送られるの。女たちは来ない皇帝のために自由を奪われ、島に閉じ込められたまま生涯を終えるってわけ」

「だから忘れられた後宮か……ひどいな」

「ひどいなんてもんじゃないわよ」

「でも、君はよく島行きを免(まぬが)れてるよな」

「……それは」

香寿の声が一段低くなった。櫂を握る手も白くなっている。何かへの怒りを堪えているようだ。

「あたしの姉さんは三年前に華郭島へ送られてるの。一人でも娘を島に送った家は、二人目は免除されるのよ。だから、公吏たちがいくら華郭島行きを命じてきても、あたしはきっぱり断れるの」

「……」

「あたしが自由でいられるのは、みんな姉さんのおかげ……」

「……なんだか、君の話を聞いてると、後宮というより女の牢獄みたいに聞こえるな」

香寿は姉を奪った島を憎んでいるのかもしれない。

重たい空気を察して硝飛が黙り込んでいると、やがて舟が静かに止まった。そこは民居の裏口だった。ちゃんと船着き場があり、民居から直に水路へ出入りできるようになっている。

「着いたわ。さぁ、下りて」

「ここは?」

「あたしの家よ。まだ当分公吏たちが騒いでるだろうから、家でほとぼりが冷めるのを待ったらいいわ」

「あ、ああ。ありがとう」

これは願ってもないことだった。仙家に入り込めば、幽鬼の正体がわかるかもしれない。

頭の片隅で林迅はどうしているだろうかと思いながら、硝飛は舟を下りた。が、ふと不穏な気配を感じ、硝飛は足を止めた。

なんだろう。この民居から薄い瘴気(しょうき)のようなものを感じる。

「？」

「さぁ、入って入って」

香寿は気づかぬ様子で、硝飛を中へと招き入れた。

少女の民居は、畔南でもかなり大きな部類に入る。裏口から入ってまず驚いたのは、硝子の材料となる珪砂が山と積まれていることだった。大きな炉(ろ)から熱気がむんむんと伝わってくる。どうやらここは硝子工房のようだ。

そして、同時に感じたのはやはり薄い瘴気だ。どうやらこの気はこの硝子工房から漂ってきているらしい。

「ただいま、父さん」

香寿は工房にいる中年の男に声をかけた。

男は珪砂に白い粉を混ぜながら、硝飛を頭の上から爪先(つまさき)まで眺め回す。

「香寿。お前、堂々と男を引っ張り込んでくるんじゃねぇよ。そういうことは親に見つからないようにやるもんだ」

「やぁね。違うわよ。この人は李硝飛さん。あたしが公吏たちに絡まれてるところを助けてもらったの。――硝飛兄さん、この口が悪いのがあたしの父さんの仙環玄(かんげん)よ」

「どうも、お邪魔します」

「ああ。娘が世話になったな」

環玄はぶっきらぼうに礼を言うと、硝飛から目を離した。

「ったく、公吏の奴らもしつけぇもんだな。お前もいいかげん、露店での商売はやめろって言ってんだろうが。うちはお前が働かなくても十分に食っていけるんだ。じゃじゃ馬も度が過ぎると嫁のもらい手がなくなるぞ」

「うるさいなぁ。あたしは父さんの硝子細工の腕をもっといろんな人に見てもらいたいの。露店に並べとけば、たくさんの旅人が足を止めて褒めてくれるんだから」

父親を軽くあしらいながら、香寿は硝飛を客間に案内しようとしたが、硝飛は親子の会話などほとんど耳に入っていなかった。なんと、環玄の背後に、若い女の幽鬼がピッタリとくっついていたのだ。

女の幽鬼は環玄からスッと離れ、香寿へと近づいていく。だが、香寿はまったく気にしていない。どうやらなにも見えていないようだ。たわいもない話を続けている香寿に女が手を伸ばした。危害を加えられるのではと硝飛が思わず警戒すると、環玄がおもむろに硝飛の肩を摑んだ。

「なんだ、兄ちゃん見える人かい」

「……」

環玄の言葉は自分にもしっかりと女が見えていることを暗に示していた。

「幸か不幸か、香寿は昔から霊感がまったくなくてね。あんなふうに取り憑かれる寸前になっても気がつかねぇんだ」

「でも、なんでここに幽鬼が？」

「ああ、土地柄かな？　昔ここは墓地だったらしいからな」

「……」

それにしては瘴気が薄い。昔墓地だった土地ならば、もう少し瘴気は強いはずだが、そこまでのものは感じない。

「まぁ、心配すんな」

そう言って、環玄は懐から呪符を取り出すと、香寿のもとに飛ばした。呪符は女に当たり、綺麗に霧散していく。同時に工房に漂っていた瘴気もすっかり消えてしまった。

「な、なぁに？　もしかして、また何かいたの!?　もう、最近多いんだから。やだやだ気持ち悪い！」

香寿は気味が悪そうに背中に腕を回して、ブツブツ言いながら手で払う仕草をした。

その慣れた様子に硝飛は驚いた。どうやら、見えないながらも幽鬼に取り憑かれかけるのは初めてではないらしい。

「……仙さんは道士なんですか？」

呪符を操れるなんて道士か、覡しかいない。

「いや、俺は宝具師だよ」

環玄は何事もなかったかのように再び炉の側に腰掛けた。

「宝具師？」

「ああ。硝子専門のな。若い頃、軽く道士の修行をしたことがあるんだ。でなきゃ仕事にならねぇからな」

なぜ、と問うたが、環玄はニヤリと笑っただけで答えてはくれなかった。代わりに、何事もなかったかのように作業の続きを始めてしまう。

「あ、あの実は俺、仙さんに聞きたいことが……！」

硝飛は焦って幽鬼の女のことを問おうとしたが、今は忙しいから話は後にしろと一蹴(いっしゅう)されてしまった。納期が近いらしい。

ものを尋ねる身としては、相手を不快にさせるのは悪手だ。気持ちは急くが、しかたなく作業を見ていると、環玄はどろどろに溶かした硝子を炉から取り出した。そのまま見事な手さばきで硝子を水飴のように練り、適当な大きさに固めていく。その過程で、硝飛は粒子の一つ一つに高い霊気が注がれているのに気がついた。

見惚(みと)れていると、硝子に素早く鋏(はさみ)が入れられた。鋏が動くたびに硝子は自由自在に姿を変え、あっという間に本物そっくりの金魚ができあがった。透明な中にキラキラと輝いているのはあの白い粉だろうか。まるで満天の星のような美しさだ。

「すげぇ……まるで方術みたいだ」

　思わず感嘆する硝飛を一瞥して、環玄はニヤリと笑った。

「これは佩玉にするんだ」

「佩玉の宝具か。いいな」

「兄ちゃん。硝子の細工は初めて見るのか？」

「ああ。俺、鍛冶や鋳造しかしたことないから、金属以外の原料で物を形成するところは初めて見る。あ、ちなみに俺も宝具師なんだ。武具専門だけど。硝子細工だと、装飾品が主になるんだよな？」

「ああ、そうだな。首飾りや佩玉、髪飾り。その他いろいろ装飾品ならだいたいなんでもできる。まぁ、割れやすいのが難だがな」

　鉄よりも軽く、華やかな硝子細工の宝具はだいたい女性に喜ばれる。硝子専門の宝具師がいるのも畔南ならではだろうか。

「香寿が露店で売ってたのは宝具じゃないよな？」

「ああ。畔南じゃ宝具を造るよりも土産物を作った方が儲かることもあるからな。まぁ、二足のわらじってやつだ」

「ふーん」

　硝飛は改めて工房の中を見回す。珪砂も初めて見るが、隣の真っ白い粉も気になる。

「これはなに？」

「ああ、それに触るんじゃねぇよ。宝具の材料には欠かせねぇ大切なもんなんだ」

サラサラした粉に触れようとした硝飛を、環玄は厳しく咎めた。慌てて両手を上げ、硝飛は謝る。ただでさえ硝子は繊細なものだ。加えて宝具師は職人気質な者が多い。大切な原料に他人の手が加わるだけで、いつもと違う気が混じり思い通りの宝具が造れない場合もある。環玄が咎めるのも当然だろう。

無神経だった自分を反省していると、パンッ！　と香寿が両手を叩いた。

「はいはい。二人とも宝具師談義はそれぐらいにして。硝飛兄さんはお腹がすいてるんじゃないの？」

唐突に図星を指されて、硝飛は思わず腹を押さえた。

「なんでそれを」

「だって、舟の上でずっとグーグーお腹が鳴ってたもの。ご飯を作ったから食べなさいよ」

環玄との話に夢中で気がつかなかったが、香寿はいつの間にか食事を作ってくれたらしい。

「ありがとう」

情けなくも眉を下げて礼を言うと、香寿は厳しい顔つきで環玄にも目を向けた。

「父さんも、今日はそれぐらいにして。あまり根を詰めると身体に悪いわよ」

「わかったわかった」

環玄は面倒そうに返事をし、手拭いで汗を拭きながら立ち上がった。

一緒に酒でも飲もうと誘われたので、硝飛は客間に向かう。食台には彩りの良い料理が数多く並んでいた。

「うまそう」

歓喜して箸を握ると、硝飛はまず香菜と一緒に煮込まれた鯉に手をつけた。甘辛く味付けされたそれは、骨まで食べられるほど柔らかくうまかった。

ついガツガツと料理を口に入れていると、環玄が苦笑しながら硝子の酒器に酒を入れてくれた。

「この酒も鯉も彩湖の水で育ったもんだ。娘を助けてくれた礼だ。たくさん食って飲んでくれ」

「ありがとうございます」

宝具師仲間として、すっかり環玄と打ち解けていた硝飛は、亡き父を思い出しながら酒を飲み干した。気持ちよい飲みっぷりが嬉しかったのか、環玄はまた酒を注ぐ。彼が機嫌が良さそうなのを見極めて、硝飛はようやく本題に入った。

「あの、実は俺、お二人に聞きたいことがあって……」

「ああ、そういやさっきもそんなこと言ってたな。なんだ?」

「実は人を探してるんです」

親子は顔を見合わせた。

硝飛が幽鬼の特徴と、仙家に辿り着いた経緯を話すと、香寿は首を傾げた。

「眼帯、もしくは右目の色が薄い女の人？　知らないわね」

少女の返答が期待外れだったので、無駄足だったかと嘆いていると、環玄が難しい顔をして両腕を組んだ。

「そりゃあ、采雪のことじゃねぇか？」

「采雪!?」

具体的な名前が出てきたので、硝飛は思わず身を乗り出した。

「仙さん、心当たりがあるのか？」

「ああ。少なくともその特徴は采雪だと思うがな」

「采雪って誰？」

「俺の従姉だよ。親父の兄貴の娘だ。だが、伯父さんたちはとっくの昔に亡くなってるし……采雪は……」

そこで環玄が言い淀んだ。

「采雪さんはどうしたんだ？」

「……二十年以上も前に華郭島に送られたよ」

「華郭島!?」

あの第二の後宮のことか。

「華郭島の女官として、十代の頃に島に送られたが、それっきり消息は聞いてねぇな。あそこに入っちまえば普通は生きてるのか死んでるのか俺たちにはわからねぇんだ」

環玄の顔は悲しそうだった。同じく華郭島に送られた香寿の姉のことを思っているのかもしれない。

「華郭島か……」

あの幽鬼の名前がわかったのは喜ばしいが、生前関わりがあった場所が華郭島とは……。島に行ってみたいが、中央の後宮では男は皇帝と宦官しか入れない。華郭島も同じだろう。

密かに悩んでいると、香寿が硝飛を覗き込んだ。

「もしかして、華郭島に行ってみたいとか思ってる?」

「あ、ああ……うん……」

「やめといた方がいいと思うけど」

香寿は鶏肉と大根の汁物を食べながら怖い顔をした。

「男は入れないからか?」

「そうじゃないわ。中央の後宮はどうか知らないけど、華郭島の後宮は規則が緩くてね。商人や公吏たちが月に一度出入りできるのよ」

「男でもか!?」

「そう。商人は女たちに反物（たんもの）や装飾品を売ったり、食料を運んだりしてるし、公吏は新しい女性たちを島に送ったり、見張りをしたりしてるしね」

「ずいぶんと緩いんだな」

「そりゃ、皇帝のお世継ぎなんて期待してないもの。あそこはあくまでお遊び。もし万が一皇帝のお手つきがあっても、女官たちは格上げされるけどそれだけ。島から出られやしないのよ」

　聞けば聞くほど酷（ひど）い島だ。嫌気がさす硝飛に、香寿はなぜか目をカッと見開いて声を落とした。

「だけど、行くのはやめといた方がいい」

「どうして」

「あの島は呪われてるの」

「呪われてるって?」

「わかるでしょ?　まだうら若い女たちが島に囚（とら）われたまま一生を終えるのよ?　恋することもできず島の外に出られないまま死んだ女たちが恨みを抱えていないとでも?」

　硝飛は小さく口を開けて眉をひそめた。

「あの島の周辺には怨念（おんねん）が渦（うず）巻いてるの。島に辿り着けないまま沈んだ船もたくさんあるしね。普通の商船や漁船は滅多に近づかないわ。それに、あの島にはそれは恐ろしい怪奇現象が……」

「怪奇現象？」

「先々代の皇帝がお遊びに来た時に、なにか逆鱗に触れて一度に六人の女官が惨殺されたっていう噂があるの」

　香寿の顔がだんだんと暗く怖くなっていく。どうやら彼女は怪談話を真に迫って語り、硝飛を怖がらせようとしているらしい。

「それ以来、島には六人の女官の幽鬼が出て、夜な夜な人々を苦しめているとかいないとか……。だから畔南の人は華郭島を揶揄してこう言うの『忘れられた後宮』もしくは『怨嗟の島』ってね……」

「そんなに怨毒が強い場所なのか」

　霊感が強い硝飛は一瞬怯んだ。それだけの強い怨念に耐えられるだろうか。

　すでに行くことを前提にして考え込んでいると、香寿が朗報を教えてくれた。

「それでも行くって言うなら、あたしは止めないけど。――たしか、次の船が出るのは明日だったはず……」

「明日!?」

「ええ。現皇帝の昴明帝が成人を迎えられるからかどうなのか、ここ数年けっこう多くの娘たちが島に送られるようになったのよね。父親と違って女好きなのかしら？　まぁ、とにかく明日を逃すと一カ月は船が出ないから、どうにかして乗ってみたら？」

一カ月も待ってはいられない。どんな手を使っても明日は船に乗らねばならない。早く帰って林迅と相談しなければ。

「仙さん、香寿。どうもありがとう。雲を摑むような気分で彼女を探してたけど、なんとか目処がついたよ」

「そう？　力になれたならよかったわ。でも、なんで硝飛兄さんは采雪さんを探してるの？」

「ああ、それは。まぁ……また今度」

情報を入手するだけしておいて、硝飛は核心を言わない。特に皇帝の宝具がすり替えられたことなど絶対に教えるわけにはいかないからだ。

「まぁ、また機会があればうちに寄ればいい。その時はもっとゆっくりしていけよ」

「ありがとう仙さん」

年の功だけあってか、環玄はそれ以上深く詮索をしてこなかった。不満そうな香寿に食事の礼を言い、硝飛は後ろ髪を引かれながら急いで仙家を後にした。

第四章　触れ合う心

1

とっぷりと日が暮れた夜道を硝飛（しょうひ）は懸命に走った。

息を切らしながら街の入り口にある宿に辿（たど）り着くと、林迅（りんじん）がじっと宿の前で佇（たたず）んでいた。すでに彼は部屋を取って休んでいるだろうと思っていたので、硝飛は申し訳なさでいっぱいになり、林迅に急いで呼びかけた。

「り、林迅！　……遅くなってごめん！」

走って近づくと、林迅はわずかに目を見開き、やがてスッと唇を真一文字に結んだ。怖いほどの冷気が彼の周囲を覆（おお）っている。

何も言わなくてもわかった。これはかなり腹に据（す）えかねているのだ。

「あ、あのさ……」

言い訳をしようとすると、すかさず林迅が倭刀の柄で硝飛の額を突いた。

ゴッ！　といういやな音がして、頭蓋骨が割れそうなほどの痛みが襲う。

「っだ！」

「今、何刻だと思ってる？」

「え、ええっと……」

すると、再び倭刀の柄で額を突かれた。

「いたっ！」

「待ち合わせは夕刻だったな？　もうとっくに日は暮れたぞ」

「あ、ああ」

なにも言えない硝飛の額に、林迅はこれでもかと何度も倭刀の柄を打ち付ける。

「痛い！　痛いって林迅！　無言の攻撃はやめてくれ。お前が心底怒ってるのはわかったから！」

表情が薄い人間が憤ると、普通の人間の三倍は迫力が増して怖い。恐ろしくて許しを請うことしかできない硝飛に、林迅はようやく倭刀での攻撃を止めた。

「北の街路で騒ぎがあったと聞いた。もしかしてお前が巻きこまれているのかと思い、北まで行ってみたが騒ぎは収まった後でなにもわからなかった」

「あ、それはたぶん俺。ちょっと公吏と揉めてさ……」

「公吏と？　お前はお尋ね者なんだぞ。なにか不測の事態が起きたらどうするんだ」

「心配してくれたのか……」

林迅の言葉がピタリと止まった。黙り込んでしまったので、硝飛はニヘラと笑って、林迅にまとわりついた。

「なんだ。怒ってるんじゃなくて心配してくれたんだ。ごめんな、反省してます」

つい調子に乗って林迅を覗き込むと、最後のトドメとばかりに倭刀の柄で脳天を叩き殴られた。

「でっ！　お前、気まずいからって、手を出すのはやめろよ！」

「公吏と揉めたのはわかったが、ここまで遅くなった理由は？　待たせた分の成果はあったんだろうな」

何事もなかったように問われ、硝飛は唇を尖らせた。

「あったよ。大収穫。なかったら、お前をこんな時間まで放っとくもんか」

「……」

「そっちの成果は？」

「俺は……」

なぜか林迅は宿と水路の間に根を下ろしている木に目をやった。つられてそちらを見た硝飛はギョッとする。なんと、自分に憑依していたはずの幽鬼が、木の陰に立ってこちらを窺っているではないか。

「あんた、なんでここに。ずっと気配がないから心配してたんだぞ！」

「彼女なら、なぜかずっと俺についてきていたぞ」

「林迅に？　なんで？」

「さぁ。あのとおりつかず離れず、後を追ってくる。俺は彼女の顔を把握することができたからよかったが、見える人間からしてみれば恐怖でしかないからな。話しかけるたびに逃げられた。おかげであまり聞き込みははかどらなかったな」

「そりゃ災難だったな」

「ああ。どうにか仙家という家の名までは辿り着いたが、それまでだ」

「仙家……そうだよ！　俺もその名に行き着いたんだ！」

　硝飛はそう言いながら、女の幽鬼に近づいた。

「あんたが魂縛してるのは俺だろ。なんで林迅にのこのこついていっちゃったんだよ？　この期に及んで顔が好みだったとか言わないでくれよ？」

『……』

　女はわずかに小首を傾げた。どうやら違うらしい。だが、彼女の瞳は林迅を見つめたまま離れない。自分でも己の行動の意味を測りかねているようだ。

「単にお前が頼りなかっただけじゃないのか？」

「もしそうだったら結構へこむ」

硝飛はガックリと肩を落としたが、気を取り直して幽鬼に笑顔を向けた。

「采雪……」

『──』

「あんたの名前は、仙采雪。わかる？　覚えてる？」

『采雪──？』

優しく語りかけると、幽鬼は混乱したように硝飛を見た。そしてふっと目を伏せて一言だけ呟いた。

『──その名に憶えはない……』


「なるほど。たしかにその華郭島に行けば、なにか手掛かりが見つかるかもしれないな」

とりあえず部屋を取り、硝飛は今日一日我が身に起こったことを林迅に報告した。第二の後宮のことは彼も知らなかったらしく、ずいぶんと驚いていた。

硝飛はともかく中央に仕える林迅も知らなかったとなると、華郭島の後宮はごく一部の者しか知らない秘匿案件なのだろう。

「しかし、おかしな話だな」

「なにが？」

林迅が難しい表情をするので、硝飛も一緒になって真顔になった。

「その華郭島に送られた女人たちは、一生島から出ることを許されないんだろう？　仮にこの幽鬼が仙采雪で間違いないとしても、いったいどうやって中央の宮廷にある皇帝の宝具をすり替えることができるんだ」

「あ、そういえばそうだな……」

たしかに、宮廷内で厳重に管理されている宝具をすり替えるだけでも至難の業なのに、華郭島からの脱出という難題まで加わっては、犯行はさらに不可能になるではないか。

根本的なところに気がついていなかった硝飛は、答えを見いだせずに唸った。

「本当に彼女だけの仕業なのかな？」

「――？」

「いや、俺さ。牢に入れられてからずっと考えてたんだ。皇帝の宝具をすり替えることになんの意味があるんだろうって」

「意味……」

「言い換えれば、誰が得をするのかってことだよ」

「……」

林迅はスッと目を細めた。それは彼も疑問に思っていたようだ。

「宝具なんて、魂入れをした主にしか扱えない代物なんだから、人の物を盗んだって意味がないだろ？　ましてや皇帝の宝具だったら尚更だ。初代龍耀帝の血を引いてる者の魂入れしかできないんだから他人には宝具としての価値はまったくない。じゃあ、金に換えるのかって話だけど、たしかに高価な骨董ではあるけど、それだって危険を冒してまでの価値があるのか疑問だし。金が欲しけりゃ宮廷には手っ取り早く金に換えられるものが山ほどある。わざわざ鉞じゃなくたっていい。――となると、昂明皇帝が宝具を受け継げなくなることによって、誰に利が発生するのかを考えるべきだと思うんだ」

「本当の黒幕は他にいると？」

「だって、彼女にはなんの得もない。おまけに華郭島の女官一人ですり替えなんてできないときたら、共犯者は必ずいると考えるべきだ」

　硝飛は部屋の隅で二人を見つめている采雪に目をやった。

「俺、思うんだけど……昂明皇帝を真の玉座に座らせたくない誰かがいるんじゃないかな。たとえば……宰相の流安寧とか……皇太后とか」

「大胆な発想だな」

「そうだけど、そうでも考えないと筋が通らないっていうか……。今摂政についてるのは宰相と皇太后だろ？　権力に固執するならあり得ることだ」

「宰相はともかく、皇太后は陛下の実母だぞ」

「それでもだよ。権力を巡って身内で争うなんてよくある話だ。それが親子間でもな」

親子間だからこそとでも言えばいいのだろうか。酷い時は殺し合いにまで発展するのが歴史の常だ。

林迅はなにも言わなくなってしまった。彼なりに考えを整理しているのだろう。

「まぁ、ここでうだうだ考えてても先に進まないし、俺たちはできることからやっていくしかないよな」

「……」

「明日、華郭島へ向かう船が出るんだ。どうにかして島に潜入して采雪の謎から解き明かしていこう」

「ああ」

硝飛は采雪に声をかけた。

「采雪。華郭島って島に覚えがあるか？」

すると、采雪の表情が微かに苦しそうに歪んだ。

「島の中に後宮があって、あんたはそこの女官だったみたいなんだけど」

采雪はますます顔を歪めて、ゆっくりと首を横に振った。

『……覚えが……ない……。でも、どこかその名前を聞くと胸が痛い』

「そうか。……島の名になくしたはずの記憶がきっと反応してるんだな」

華郭島のことも畔南と同じように魂魄に刻まれているのかもしれない。そうならば華郭島は彼女にとってとても重要な場所だということだ。

「まぁ、とにかく一歩前進だな」

硝飛は腕を上げて大きく身体を伸ばした。すると、采雪がスッと硝飛の中に入ってきた。違和感はないが、憑依されるのはあまり気持ちのいいものではない。なんとなく肩が凝って首を回していると、林迅がまっすぐな瞳でこちらを見た。

林迅は時々、こうして硝飛をじっと見つめることがある。人の顔を凝視する癖があるのだろうか。気づかないふりをするのもなんなので、硝飛も真正面から林迅に向き合った。

「なに？」

「采雪に魂縛されてから、しばらく時間がたっているだろう。身体の調子はどうだ？」

「へ？　あ、ああ。少し身体は重い気がするけど、なんともないよ」

「身体が重く感じるのは己の魂魄が身体から離れつつあるからだ。お前は魂魄を人質に取られているようなものだから身体の異変には十分気をつけろよ」

「ああ」

「魂縛されるのは二度目なんだ。もしかしたら魂魄の抵抗も弱くなってるかもしれない。あまり時間はかけられないな」

それを聞いて、硝飛はポカンと口を開けた。

「……お前、覚えてたのか」

「？」

「小さい時、俺が川で幽鬼に魂縛されて死にかけたこと……」

林迅は呆れたように一瞬目を逸らした。

「あんな衝撃的なことを忘れるはずがないだろう。お前を失いかけたんだぞ」

硝飛は唖然として、林迅にじりじりとにじり寄った。

「林迅」

「な、なんだ？」

「お前ってさ、俺のこと嫌いだよな？」

「──？」

林迅の表情がわずかに動いたので、硝飛はある種の確信を持ってますます林迅に近づいた。

「お前の中で俺は内側？　外側？」

「なんのことだ」

「だって、お前。再会してからこっち俺に一度も笑いかけてこないだろ!?」

「……」

「俺はお前に会えて嬉しかったのに、いつもツンケンしててさ。なのに旬苑殿下や汪家の人たちにはスッゲー笑顔を見せるだろ？　……だから、俺はもう、お前の家族じゃないんだと思い知らされて……」

「……さっきからなにを言ってるんだ。意味がわからない」

「だから、俺は悔しかったんだよ！　お前は俺の家族なのに、汪家に取られたみたいで！」

やけくそになって本音をぶつけると、珍しく林迅は困惑した。

「取られた？　俺を手放したのは李家の方だろう」

「……え？」

「俺はお前たちと暮らしていたかったのに、李家は俺を養子に出した。一方的なことを言われても困る」

「そ、その言い方は違うだろ。父さんはお前のためを思って汪家に託したんだよ。庶民と世家じゃ断然世家の方がいい暮らしができるし。その後の出世だって……」

「本気でお前はそう思っているのか？」

林迅の声が一段低くなった。ハッとして硝飛が口を噤むと、林迅は痛いほどの視線で硝飛を見据えた。どこか寂しそうに見えるのは気のせいだろうか。

「俺は贅沢な暮らしも出世も望んでいなかった。どんな暮らしであろうと、ただお前たちと共にいられれば幸せだった」

「林迅……汪家に養子へ行くのは嫌だったのか？」

「……義父上をはじめ汪家の方たちは十分すぎるほど俺によくしてくれた。だが……、あそこにはお前が……お前と李おじさんがいない」

「――」

「お前は無鉄砲で無茶をしすぎるから、俺がいなくても大丈夫だろうかとずっと心配していた」

「いや、なんだよそれ……」

一瞬感動しかけたが、あまりにも林迅が失礼かつ本気なので弾みかけた心が一気に萎んでしまった。だが、初めて彼の本音が聞けた気がする。

抱えていた思いを吐露したことを後悔しているのか、林迅は硝飛に背を向けた。

「だが、今さら言ってもしょうがないことだ。忘れてくれ……」

「林迅……俺だって、お前と離れてからずっと寂しかったよ。俺の成人の儀の時は来てくれるかと思ってたのに、来ないしさ。俺、父さんと二人だけの寂しい成人の儀だったんだぜ」

「成人の儀は身内のみでやるものだ」

「お前だって、俺の身内だと思ってた！　父さんの葬儀の時もお前に会えると期待してたのに顔を見せないからさ。俺たちのことなんてとっくに忘れてるんだと思って、悲しかったし……」

一度溜まっていた不満をぶちまけると止まらなくなった。理不尽なことだとはわかっていても、つい子供のような愚痴をこぼしてしまう。林迅はしばらく黙っていたが、やがて背を向けたままポツリポツリと語り出した。

「おじさんが亡くなったのを聞いたのは、葬儀が終わってからずいぶん後だった。俺が動揺しないように義父上が配慮してくれたんだろう。お前の成人の儀はいつ行われるか知っていた。だが、その頃、俺は覡の修行で霊山に籠もっていた」

「……」

「しかし、たとえ修行中でなくても俺は李家に行くのを躊躇していただろう」

「……」

「俺はお前たちの身内ではないと自分に言い聞かせて生きてきたからな」

「そうだったのか……」

彼の事情も知らず、薄情な奴だと嘆いていた自分を硝飛は反省する。

「ごめん。お前はずっと俺に怒ってたんだな……」

不可抗力だったとはいえ、硝飛も父と同罪だ。仮にも家族として暮らしていた林迅の手を離してしまった。もらい子だった彼は、このまま李家にいたいと主張することもできなかったのだろう。裏切られたと思われてもしかたがない。

汪家に引き取られていく幼い林迅の悄然とした姿を思い出し、硝飛は胸が苦しくなった。すると、林迅が背中でボソリと呟いた。

「お前は一つ大きな勘違いをしている」

「？」

「お前の言う内側とか外側がどういう意味かはわからないが、俺は人とうまく接することができないだけだ。親しくない人間とは話をするのも苦手だ。……お前と会うのは十年ぶりだから、正直どうしていいのかわからず困惑していた。ただ、それだけだ」

「……は？」

硝飛は思わぬ告白に何度も目を瞬いた。

あんなにツンツンしていたのは、接し方がわからずに困っていただけ？　と突っ込みたい気分だ。彼は硝飛を外側に置いていたのでも怒っていたのでもない。ただ、緊張していただけだった。

「――ぶはっ！」

あまりにも予想外で、硝飛は堪えきれずに噴き出した。床を叩いて笑い転げると、振り向いた林迅に思いきり睨まれた。

「なぜ笑う」

「ははは！　悪い。けどさ、十年ぶりで困惑してたって嘘だろ！　俺だよ？　李硝飛だよ？　俺に緊張してたら、お前はこれからいったい誰と親しくなれるんだよ」

「お前だから困ってたんだ。他の者なら適当にあしらっている」

「そうなのか？」

生来の能面のせいで、困っているとあしらっているの区別がつきにくいのが難だ。

「なんとなくお前のことがよくわかった気がする。昔はそんなんじゃなかったはずだけどな」

もし、林迅が自分たち親子に捨てられたと思い、人を過度に警戒するようになったのなら辛い。

硝飛は床に背中から寝転んで、腕で目を隠した。林迅はそんな硝飛の心情を見抜いたのか、補うようにはっきりと言った。

「俺は昔からこういう性格だった。自分にとって特別な人間にしか興味がないんだ」

「馬鹿（ばか）だな。それが内側と外側って言うんだよ」

硝飛はゆっくりと口角を上げた。

今ようやく気がついた。自分は林迅にそっけなくされて悔しかったのでも腹を立てていたのでもない。ただ、彼に笑顔を向けられる者たちに嫉妬（しっと）していただけなのだと。

短い沈黙に場が支配された時、なにやら宿の一階が騒がしいことに気がついた。

硝飛は急いで起き上がり、林迅と顔を見合わせる。二人してそっと部屋を出て、踊り場から一階の出入り口を覗き込むと、宿の主人が複数の人物と向き合っていた。

「――っ」

相手の顔を見て、硝飛は上げかけた声を必死に呑み込む。

「この宿に不審な二人組が泊まっているはずだが？」

そう威圧的に主人に詰め寄っているのは、兵部の武官、流白蓮だった。横には帆浩然もいる。彼らは硝飛たちの人相書きを突き出して、主人に詰問していた。

「あいつら、なんでここがわかったんだ……？」

顔色を変えて小声で呟いたとたん、硝飛は林迅に腕を引かれた。

「逃げるぞ！」

「逃げるってどうやって！」

林迅は先ほどまで自分たちがいた部屋に戻ると、急いで荷物をまとめた。

「林迅、どうするっていうんだよ」

「そこの窓から飛び降りる」

「ええ!?　ここ二階だぞ」

「他に方法がないだろう！」

「本当に肝が据わった奴だな！」

硝飛が嫌がる暇もなく、林迅は部屋の窓から飛び降りた。ままよと後に続くと、ちょうど一階の屋根が庇になっていて、身体を受け止めてくれた。

なるほど。これがあることを林迅は把握していたらしい。

そのまま庇をつたい、隣の土産物屋の屋根の上に移る。五、六軒ほど屋根から屋根へと移動を繰り返し、二人は街路に飛び降りた。

「船が出るまで港に潜んで様子を見よう」

「ああ」

硝飛が林迅の案を受け入れたその時だった。ひゅんっと風を切る音と共に左腕に痛みが走った。

「——つっ！」

「硝飛！」

左腕には深々と矢が刺さっている。

振り向くと、流白蓮が宝具の弓を引いて狭い路地から出てきた。

逃げおおせたと思っていたが、彼らも武官の端くれ。そうそう下手は打たないようだ。

「おとなしく投降しろ！　汪林迅！」

「おいおい。本来の罪人は俺だっていうのに、あいつはお前しか眼中にないみたいだぜ。ずいぶんご執心だな」

「──硝飛、気分はどうだ？」

「全然、平気」

林迅は白蓮を無視して硝飛の傷口を確かめる。皮膚の色に変化はないので、毒矢ではなさそうだと判断すると倭刀を抜いた。

「やるのか？」

「それしかないだろう」

言うが早いか、林迅は跳躍して飛んでくる白蓮の矢を叩き払った。そのまま流れるように間合いを詰め、白蓮の腕をも斬りつける。あっという間の出来事だった。弓を地面に落とし、白蓮は憎々しげに林迅を睨みつけた。

林迅は武人の方が合ってると言っていたが、才能も十分あるようで、宝具と共鳴していなくてもかなりの腕前だ。

「この……！　己の宝具も使いこなせぬ未熟者が！」

白蓮が負け惜しみを叫ぶ。だが、林迅は眉一つ動かさない。

「その未熟者から宝具を守れぬお前はなんだ」

林迅は本気で怒っていた。あんな憎まれ口ごときで動じる人間ではないことは硝飛が一番よくわかっている。硝飛が傷を負ったのと同じ左腕を狙ったのは、きっと偶然ではないのだろう。今なら、そう自惚れてもいい気がした。

「流隊長！」

路地の奥から浩然の声が聞こえた。林迅は素早く白蓮から離れ、硝飛の腕を取って駆けだした。

「逃げるのか？」

「よく考えろ。あいつらを殺せば俺たちは本当に罪人だ」

その言葉に、硝飛は胸を突かれた気がした。

「そ、そうだな」

林迅は皇帝の宝具を探し出せば、汪家も硝飛も救えると信じている。だからこそ、武官を絶対に殺すわけにはいかないのだ。死人を出してしまえば、どんな言い訳も通用しなくなる。汪林迅という男は、まったく芯がぶれないたいした人物だ。

しばらく走った後、林迅は硝飛を物陰に押し込んだ。

「矢を抜くぞ」

言うが早いか、いきなり弓矢を腕から引き抜かれ、硝飛は激痛に悲鳴を上げた。

「少し辛抱《しんぼう》しろ」

すかさず林迅が傷口に手を翳《かざ》す。腕の傷口から形容しがたい温かい気が流れ込んできて、硝飛は強張《こわば》っていた全身から力を抜いた。

「これは治癒《ちゆ》の術か？」

「ああ」

だんだん痛みが消えていく。無残だった傷口もゆっくりと塞がれていった。

「すごいな、お前……」

「覡の修行中に習った。自然の気を傷口に注ぎ込んで癒やすんだ」

「覡ってなんでもできるんだな」

感心して目を閉じると、急に眠気が襲ってきた。傷口から流れ込んでくる気があまりにも心地よすぎて、このまま寝てしまいそうだ。現状も忘れてうとうとしかけたその時――。

「――硝飛！」

路地の向こうから浩然の声がした。振り向くと、白蓮に肩を貸した浩然が複雑な表情で硝飛を見つめていた。

「行くぞ、硝飛」

硝飛はとっさに立ち上がり、林迅と共に逃げる。それでも浩然の声は後を追ってきた。

「戻ってこい、硝飛！　俺は、お前の宝具師としての腕に圧倒されてたんだ！　絶対にお前には敵わないって打ちのめされた！　だから、宝具師の道を諦めて兵部に入ったんだ！なのに、それだけの腕を持つお前が罪人として逃げ回ってるなんてしのびねぇんだよ！」

「浩然兄……」

「戻れば、また宝具師としての道が取り戻せるかもしれない！　処刑だって免れる方法があるかもしれない！　このままだとお前、一生お尋ね者のままだぞ！」

それは兄貴分だった帆浩然の渾身の説得だった。浩然が宝具師を諦めた本当の理由を知り、硝飛は二人で父の背中を追っていた頃のことを思い出す。

（浩然兄さん、あんたの腕だって最高だったよ。父さんはいい弟子ができたって褒めてたんだ……）

硝飛は唇を噛む。

「惑わされるな」

林迅に諭されたが、硝飛は少しも惑わされてはいなかった。

（だって、浩然兄さん。あんたは俺を信じてないじゃないか……。俺を信じてくれてるのは林迅だけだ）

そうだ。思えば林迅は一度も鉞に関して硝飛に疑いの言葉を投げたことがない。それどころか、彼は己の地位も名誉もなにもかも捨てて硝飛を牢から連れ出してくれた。そんなこと、自分を本気で信用してくれていなければできないことだ。

『硝飛が死にかけているのに、黙って見てるだけなんて、この先も絶対にない！』

こんな時に、――いや、こんな時だからこそなのか、幼い林迅の言葉が心に染みる。

硝飛は兄と慕っていた浩然の思いを振り切り、しっかりと前を向いた。

2

追っ手を警戒しつつ港の近くに身を潜め、硝飛たちは夜が明けるのを待った。

朝日が昇り、徐々に人の動きが激しくなってきた頃、港に船が着岸した。あれが今日華郭島に出港する船だろうか。ざっと、二、三十人は乗れそうだ。

「――だから、それは却下だって」

「わがままを言うな」

港にある倉庫裏で船を遠目に見ながら、硝飛と林迅はこの期に及んで喧嘩をしていた。

最初はどうやって船に乗り込むか真剣に話し合っていただけなのだが、そのうちお互いに譲り合えない部分が出てきて激しい論争に発展してしまったのだ。

「わがままじゃねぇよ！　物理的に無理だって言ってんの！　なんで俺がまた女装しなきゃならねぇんだよ！　ようやく男に戻れたっていうのに！」

目を吊り上げて声を荒らげると、林迅が目を細めて責めるように硝飛を見た。

なんだ、その聞き分けのない奴だと言わんばかりの顔は。

「せっかく義妹の衣装もまだあるんだ。後宮に潜入するなら女の方が動きやすいだろう」

「だから、そういうことじゃないんだって。宮廷を脱出した時は軒車に乗ってたし、門番に見られたのも一瞬だったからなんとかごまかせたけど、今度はすぐに男だってばれるって！　島で大人しくしてるわけにはいかないんだし！　それに、街の人の反応を見ただろ？　お前だって言ってたじゃん。あの時の俺はただの女装した奇異な男に見られてたって！」

「……」

「都合が悪くなると黙るのやめてくれる？　どうしても女装しなきゃならないなら、どう考えてもお前がするのが最善の策だろ！　お前ならなんとかごまかせるかもしれないし」

「俺じゃごまかせない」

「ごまかせるって！　見ろよ、そのきめ細かい白い肌！　そこらへんのお嬢さん（クーニャン）も真っ青だから！」

　ムキになって褒めると、林迅が大きな溜め息をついた。

「……どうして、そうわがままばかり言うんだ。いいかげんにしろ」

「わ、わがままなのはお前だろう！　自分が女装する案はサラッと無視か！　だいたい、俺が女装したとしても、お前はどうするんだよ」

「……娘たちを島へ連れていく公吏に化ける」

「どうやって」

「奴らを襲って、裸にして倉庫に閉じ込める。どのみち、俺は公吏に化けないと潜入できない」

「物騒だな、おい！　そんなことしたらあっという間に島に不審者が侵入したのがばれちまうじゃねぇか！　しかもなんでお前だけ公吏なんだよ！　それなら二人とも公吏でいいだろ！」

「だから、さっきから女官になる人間が必要だって言ってるだろう。ちゃんと俺の話を聞いてるのか？」

「聞いてますー！　何度も何度も同じことを聞いてますー！　お前平等って言葉を知ってるか？　最初に俺が女装したんだから次はお前だろ！」

「まったく論理的じゃない」

　このように、喧々囂々(けんけんごうごう)と子供のように半刻ほど言い争っているが、二人の考えはまったく一致せず、いまだに船に潜入する方法が見いだせずにいた。さすがに相手が馬鹿なのではないかとお互いを疑いだした時だった。

「――ちょっと、そんなところでなに不毛な争いをしてるのよ！　公吏に見つかっちゃうわよ！」

　叱咤(しった)する若い娘の声が聞こえた。とっさに右手を見ると、倉庫の角から仙香寿(こうじゅ)が顔を出していた。

「香寿！」

「香寿じゃないわよ、硝飛兄さん。いったいなにをやってるのよ！　本気で船に乗り込む気があるの？　喧嘩してる間に船が出ちゃうわよ！」

　関係のない彼女になぜか説教をされたが、正論すぎてまったく言い返すことができなかった。さすがに恥ずかしくなって顔を赤らめると、香寿はささっと二人に寄ってきた。

「まったく、様子を見に来てよかったわ」

「し、心配してくれたのか……」

「そりゃ気になるでしょ！　華郭島に渡るなんて言い残して出ていっちゃうんだもん。ただの島に渡るわけじゃないのよ？　いったいどうするつもりだったのよ」

　たしかに、昨夜のうちに二人で策を練っておかねばならなかったのだが、白蓮たちから逃げ回るのに精一杯でそんな暇がなかったのだ。とはいえ、そんなことを香寿に言ってもしかたがない。

「いや、まぁ。なんとかなると思ったんだよ」

「無茶苦茶な人ね。でも、いいわ。あたしがなんとかしてあげる」

「君が？」

「ええ。最初からそのつもりで来たんだもの。ついでにお弁当も持ってきたわ。島まで遠いしね」

　そう言って香寿が手にしていた包みを持ち上げたので、不覚にも硝飛は感動してしまっい娘なんだ。
昨日、偶然出会っただけの得体の知れぬ男のためにここまでしてくれるとは。なんてい
た。
「でも、ごめん。まさか連れの人がいるとは思わなくて人数分用意してないの」
香寿は申し訳なさそうにチラッと林迅を見た。その頰が乙女らしくほんのりと染まって
いるので、硝飛は瞬時に全てを悟ってしまった。この美貌の能面男は幽鬼の采雪に続き、
硝飛に好意的だったうら若き少女までも一瞬で虜にしてしまったらしい。
釣り銭つけて俺のときめきを返せと言いたい気分だ。
「お兄さん、名前は？　お肌きれいね。いつも何食べてるの？　どうしたらそんなに白く
なれるの？」
遠慮もせずに林迅の頰に触れようとした香寿の手を林迅はそっと避ける。何人たりとも
我に触れさせないという鉄の意志が見えた。
冷たい態度をとられても気にならないのか、香寿は林迅をじろじろと眺め回す。
「本当にきれい。横顔なんか、職人の手で彫られたみたいに完璧な形をしてる。こんな天
人みたいな人初めて見た。城都にはお兄さんみたいな人がたくさんいるの？」
「そんなわけないだろ」
硝飛が呆れて否定すると、香寿はチラッとだけこちらに目をやった。

「硝飛兄さんも格好いいけど、このお兄さんは次元を超えてるよね。——あっ、あたしが作ったお弁当を食べてね。お兄さんの口に合うかわからないけど」

「おい！」

いつの間にか、硝飛に作ってきたはずの弁当が、林迅のためのものになっている。女とはこうも手のひら返しがあからさまなのか。なんて怖い生き物だ。

「もういいだろ。こいつの名は汪林迅。親しい者以外は受け付けない奴だから、なにを言っても無視されるだけだぞ」

「周囲に流されない人なのね。そんなところも素敵」

素敵？　周囲に流されない？　たしかにそうかもしれないが、ものは言いようだ。女の欲目はすごい。

「——で、香寿。お前はどうやって俺たちを船に潜入させてくれる気なんだよ」

不機嫌満載で尋ねると、香寿は得意げに顎(あご)を上げて一枚の木札を取り出した。

「なんだよ、それ」

「昨日、言ったでしょ、商人も島に渡れるんだって。島への渡航が認められた商人はこの通行証がもらえるの。あたしの父さんは宝具師だし、姉さんは華郭島の女官だから、うちには商人枠での通行証があるのよ。実際、島の女官たちに硝子(ガラス)細工を売らせてもらってるしね。商人としてならあたしの連れとして船に乗り込めるわよ」

「本当か!?」

それは願ってもない朗報だった。まさに天女の降臨だとばかりに顔を輝かせた硝飛だったが、真顔になった香寿に気づき、すぐに嫌な予感に襲われた。

「だけどね、この通行証は一枚で二人だけしか使えないの」

「え？」

「あたしを含めてこの通行証で島に渡れるのは林迅兄さんだけってこと」

「——ちょっと、待てこら！　なんで当然のように林迅なんだ！　俺は!?」

「女装しかないんじゃない？」

「お前までなに言ってんだ！」

「あたしはいたって真面目(まじめ)よ」

どさくさに紛れて林迅と腕を組もうとした香寿だったが、それもサラリとかわされてしまった。林迅は強引に接触してこようとする人間の回避のしかたに慣れている。

だが、めげずに香寿は話を続けた。

「いい？　よく考えてみてよ。これは贔屓(ひいき)で言ってるんじゃないのよ」

「嘘つけ。贔屓だ」

「違わないけど、違うってば！」

違わないけど、違うとは？　つまり全面的に贔屓ということではないか。

「あのね、商人通行証で渡るのは林迅兄さんで、女装するのは硝飛兄さんじゃないとダメなのよ。だって考えてみてよ。硝飛兄さんは公吏に顔がわれてるじゃない。あたしと一緒にいたら、それこそすぐに捕まっちゃうわよ」

「あ……」

それは、少し考えればすぐにわかる根本的な問題だった。

「顔がわれてる硝飛兄さんは、多少強引でも女装しなくちゃならないの！」

「……」

わけのわからない敗北感に打ちのめされ、硝飛はがくりと両膝を地面につけた。

「変装しなくちゃ元から船には乗れないってことか」

「そうよ、そんな簡単なことにようやく気がついたの？　女装はうってつけじゃない」

「だけど、男だってばれるぞ？」

昨日の街の人たちの痛い視線は、生涯忘れない自信がある。

「それなら任せてよ。あたしがばっちりお化粧をしてあげるから」

「化粧？」

そういえば、昨日は化粧などまったくしていなかった。脱獄する時にそんな暇はなかったからだ。

「硝飛兄さんの目は大きくて澄んでるから、そこを強調した化粧をすればいいの」

「……」

「わかった？」

俯（うつむ）いている硝飛の顔を、香寿はずいっと覗き込んだ。

「もう好きにしてくれ」

蚊（か）の鳴くような声で呟くと、林迅がふっと溜め息をついた。

「だから、俺が言っただろうが。お前が女装するしかないんだと」


それは、あっという間だった。

香寿によって強引に倉庫内に連れ込まれた硝飛は、顔中にべたべたといろんなものを塗りたくられた。精神的に疲労困憊（ひろうこんぱい）の中、真っ赤な紅（べに）を唇にさされた時は倒れそうになった。目眩（めまい）を起こしながら、脱獄した時に着てきた薄桃色の外衣等に袖（そで）を通すと、香寿が売り物の硝子細工で全身を飾り付けてくれた。最後に首に紗（しゃ）を巻かれ、硝飛姑娘（クーニャン）は見事にできあがった。

「はい、完成！」

弾む香寿の声を聞き、外を警戒していた林迅がこちらに顔を向けた。

「……」

彼はわずかに息を呑んだだけで何も声を発しなかった。

硝飛の女装は思った以上によくできていた。すっぴんの時は奇異な目で見られたが、香寿の方術のような化粧のおかげで、硝飛でもとても美人に仕上がっていたのだ。

元々、硝飛の顔は整っていて普通にしていても目を引く。加えて誰をも魅了する瞳を持っているので、化粧をすれば美しくなることは明白だった。自分の潜在的な美に気がついていないのは硝飛だけなのだ。

「な、なにか言えよ。どうせ、変なんだろ」

拗ねる硝飛に、林迅は「別に」とだけ答えた。

別にってなんだ！　と怒りたかったが、変なら変だと林迅なら言う。それがないということは、まぁまぁ見れるということらしい。

「硝飛兄さん、きれーい！　化粧映えする顔よね」

「そ、そうか？」

「うん、でもさすがに喉仏は隠せないからさ。紗を巻いといた。生まれつき喉が悪いとかなんとか言って、極力黙ってること。声でばれちゃうからね。それとやっぱり女の子にしては背が高いから膝を折って歩いてね」

「何から何までありがとうよ」

半ば自棄になって礼を言うと、香寿はクスッと笑った。

「いいの、久々におもしろいことに参加できてワクワクしてるんだから」

香寿が言うには、今回島に送られる女性は十人以上いるらしい。彼女たちに紛れて、島にいる香寿の姉の紹介だと言えば、ばれないだろうということだった。

「さぁ、そろそろ船が出発するわよ。あたしも姉さんに会えるから嬉しいわ」

香寿は太陽のように笑って、倉庫の扉を思いっきり開いた。

彼女の言うとおり、通行証を見せると船にはすんなりと乗り込めた。硝飛は演技で恥ずかしそうに顔を下げ、なるべく公吏たちと目を合わせないようにする。林迅から離され、硝飛は娘たちと一緒に座らされた。

船は岸から離れ、順調に湖を進んでいく。さすが龍貴国自慢の湖だ。水の透明度は高く、鯉や鮒の影もよく見える。水面には海菜花が咲いていて目を楽しませてくれる。海菜花とは柱頭が鮮やかな黄色で、花びらは蝶の羽のように薄く真っ白な花だ。水質のよい淡水にしか咲かず、滅多に見ることはできない。だが、同乗している娘たちの顔は一様に暗かった。中には涙を浮かべていつまでも岸を見つめている者もいる。彼女たちはもう二度とこの湖を渡ることはないのだ。

硝飛は沈痛な面持ちで湖を見つめる。すると、香寿の弾んだ声がした。

「はい、林迅兄さん、お弁当をどうぞ」

元は硝飛の弁当が林迅の口元に運ばれていくが、林迅は「結構だ」と拒んだ。「おいしいのにー」と香寿がかわいらしく拗ねる。まるで恋人同士のようなやりとりに、硝飛は冷めた目を向けた。自分は島に送られる不幸な娘役なので、突っ込むこともできない。女装がばれないかとヒヤヒヤしている自分の身にもなってもらいたいものだ。

やがて周囲に陸はまったく見えなくなった。話にしか聞いたことはなかったが、彩湖は本当に海のように広い。

岸から出て半刻ほどたった時、硝飛は水面に魚の姿も海菜花もないことに気がついた。水はきれいなままだが、どこか空気がどんよりとしている。

顔を上げると、船の上を複数のカラスが不気味に鳴いて飛んでいた。

「島が見えてきたわ」

側にいた娘が絶望を含んだ声で呟く。

見ると、うっすらと島らしきものが見える。最初は小さかったその影がだんだんと大きくなり島の全貌が姿を現した時には、船は渦巻く瘴気に完全にのまれていた。

(これはたしかに怨嗟の島だな……)

島で亡くなった女たちの念とは、こんなに強いものなのか。

硝飛は気分が悪くなって口を手で覆った。宮廷の堀の中と一緒だ。人柱にされた囚人たちの怨念が霊感の強い硝飛を苦しめたように、ここでも内臓を掻き回されるような不快感を感じる。船の上の人間はまったく平気そうにしている者が多数だが、中には袖で口元を押さえている者もいた。

　やはり、感じる人間は感じるということか。

（林迅……）

　彼は大丈夫だろうかと目をやると、林迅は島を険しい顔で見据えていた。彼もやはり何か不穏なものを感じるらしい。声をかけることができないので、もどかしい思いをしていると、不意にバチッと目が合った。

　林迅は硝飛の青ざめた顔で全てを察したのか、香寿に何か囁いた。

　頷いた香寿が水を持ってきてくれたので、飲むと少しだけ気分がよくなった。すると、香寿はどことなくおもしろくなさそうに一枚の護符を硝飛に差し出した。

「林迅兄さんが、これを持ってろって。……瘴気？　ってやつなら少しは祓えるって言ってた」

「ありがとう」

　さすが覡候補だとありがたがっていると、香寿は硝飛の顔を穴があくほど見つめた。

「なに？」

「林迅兄さんって、なにを言っても無言なの。たまに喋ったかと思えば、『やめろ』とか『いらない』とか拒絶ばかり。なのに、あなたのことはよく気をつけて見てるんだなと思って」

「なんだよ、それ」

「別に」

小さく肩をすくめて、香寿は林迅のもとへ戻っていった。

船は静かに島に着岸する。硝飛は思わず大事に護符を両手で包み込んだ。


船着き場から島の中央へと連れてこられた硝飛たちが見たものは、数頭の青龍が彫刻された牌坊だった。その奥には寄棟屋根で二層になった大きな建物があった。建物には彩湖の水面に咲き乱れていた海菜花や鯉などが色鮮やかに描かれている。左右にのびる回廊はまるで鳥が翼を広げたような美しさだ。この建物は朱雀宮と呼ばれ、宮廷でいうと正殿にあたる。朱雀宮の裏にはいくつかの建物があり、ここが女官たちの居住する後宮部分だ。

後宮といっても、もちろん后妃などいない。皇帝の手がつけられた女官は一応嬪とされるが、この数十年の間に全員亡くなった。ここはまさに主のいない忘れられた後宮なのだ。

後宮の西側には、やや大きめの四合院がある。どうやら、この建物は公吏やここで働く者たちの居住区のようだ。その裏にあるのは広大な森だ。その中に、荘厳な青龍がかたどられた屋根飾りが見えた。公吏が言うには、あの建物は初代龍耀帝が祀られている廟で、島の祭祀場となる場所らしい。神聖な場所ゆえ、けっして廟には近づかないようにと念を押された。

　公吏の詰め所近くまで来ると、公吏は硝飛を含めた娘たちを女官長へと預けた。女官長は皆を後宮へと案内する。商人の香寿や林迅は後宮に入ることは許されず、公吏の居住区へと連れていかれた。

　まさか、こんなところで早々に一人になるとは思わず、硝飛は不安そうに林迅を見た。するとと林迅ではなく香寿が口だけを動かして硝飛に短く言葉を伝えた。

「大丈夫よ」と……。

第五章　忘れられた後宮

1

情けない顔で連行されていった硝飛と別れ、林迅は四合院の大門を潜った。中には複数の建物が密接しており、前庭と後庭がある。林迅たちは大門を潜ってすぐの東側にある房へと連れてこられた。

林迅は、さりげなく話が聞けそうな人を探したが周囲は公吏と商人ばかりだ。公吏は島内について詳しいだろうが、まさか真正面から話を聞くわけにはいかない。そんなことをすれば、すぐに不審者とみなされてしまう。

林迅の顔を見て察したのか、香寿がそっと袖を引いて耳打ちしてきた。

「大丈夫よ、林迅兄さん。あたしに任せて」

「君に？」

「とりあえず、今は商売よ。手伝って」

　そう言って、香寿は持参していた大きな竹籠（かご）を軽く揺すった。

　房の中にはいくつもの台が並べられている。その中から一つを選んだ香寿は、竹籠から硝子（ガラス）細工を取りだして丁寧に陳列していった。他の商人たちもせっせと己の商品を置いていく。反物（たんもの）や装飾品、日持ちのする食料、色とりどりの果物や菓子。基本的に女性が好みそうな品が多い。

「これから、後宮の女官（にょかん）たちが買い物に来るの」

「……」

　なるほど、ここは簡易（かんい）的な商店というところか。女官ならば力になってくれそうな人物もいそうだ。

　しばらく待っていると、出入り口からきゃあきゃあと弾むような笑い声が聞こえてきた。

「今日はどんなお品をいただこうかしら？」

「桃があるといいのだけど。この島は果物が実らないから……」

　などと言いながら、美しく着飾った女官たちが次々と入ってくる。彼女たちは思い思いに品の前に立ち、こちらが驚くほど明るくはしゃいでいた。

　一カ月に一度のこの簡易商店は、島の娘たちの唯一の楽しみなのだと聞いて、林迅は納得した。それなら子供のようになるはずだ。

硝子細工は人気なのか、あっという間に林迅の前に人だかりができた。

「素敵……」

「ええ。こんな綺麗（きれい）なもの見たことないわ」

そう言って女官たちが釘付（くぎ）けになっているのは、硝子細工ではなく林迅の顔だった。

女官たちは適当に硝子細工を手に持ち、うっとりと林迅を見つめている。

すかさず香寿が「まいどありー」と声を上げると、適当に持っていただけの硝子細工を買わされそうになり、女官たちは慌（あわ）てた。

硝子細工はとても高い。うっかりしていると財布が空になってしまうので女官たちは急いで台に商品を戻そうとした。――が、林迅が香寿を真似（まね）て言った「ありがとうございます」の一言で、事態は一変する。

彼の声は少し掠（かす）れた低音で、その美貌（びぼう）とも相まって十分な武器だ。おかげで、女官たちは腰砕けになってしまい、財布の心配もよそに欲しくもない硝子細工を次々と買うはめになってしまった。

己の声も武器になっているとは知らず、林迅は商売に大忙しだ。

頭の片隅（すみ）にはトボトボと後宮に向かっていった硝飛の姿があるが、今ここを不自然に離れるわけにもいかない。

もどかしい思いで商売に精を出していると、ふと、売れたばかりの簪（かんざし）を握っている己の手の甲に生温かい枯れ木が乗った。

「――？」

いや、一瞬枯れ木だと思ったが、なんとそれはしわくちゃになった人の手だった。

「――！」

ぎょっとしていると、しわくちゃの手は林迅の白い肌を嘗め回すように撫でまくった。

あまりのことに、ゾッとしてその手を振り払うと、目の前にこれまたしわくちゃになった顔が現れた。これでもかと皺を寄せてニ～ッと笑う姿はこの世のものとも思えないほどおぞましかった。

「――っ！」

自分が無口と言われる部類の人間でなければ、間違いなく絶叫していた。代わりに正反対の絶句をした林迅は、とっさに倭刀の柄に手をかけた。

「こりゃまた天人のような美しさじゃのう」

うっかり妖怪と間違えて斬り殺しそうになったが、目の前の者が言葉を喋ったので林迅は彼女が人間の老婆だとようやく認識した。

女官たちとは違って質素な上衣と裳に身を包んでいるが、身につけた装飾品はそれなりのものだ。首飾りや腕輪は霊獣である麒麟をかたどった翡翠だったので目を疑った。腰は九十度に曲がっており、どこか現の者とも思えぬ空気を纏っている。

どうにかこうにか柄から手を離すと、老婆は再び林迅の手を取っていやらしい目つきで眺め回し、まるで男を誘惑するように片目を閉じた。

「――っ！」

再び悲鳴を上げそうになるのをぐっと堪えていると、隣の香寿が呆れたように老婆と林迅を引き離した。

「もう、茉央婆。林迅兄さんが怖がってるじゃない。いくらいい男だからって気安く触らないで！　お触り禁止よ！」

「ええじゃないかこれぐらい。なんの楽しみもないわしらのもとに天人様が舞い降りてくださったんじゃ。ああ、ありがたやありがたや」

茉央婆はヒヒヒと笑って、林迅ににじり寄る。

思わず壁際まで下がって必死に避けると、茉央婆はチッと大きく舌打ちした。

「なんとも初なことよ」

「いや、初とかそういう問題じゃないから。茉央婆に迫られたら、誰でもああなるから。――ごめんね林迅兄さん。茉央婆はいい男が来るといつもああなの。御歳七十にもなるのに、見境がないんだから」

「な、七十……？」

余裕で二百は超えてそうだと思っていると、茉央婆は「よければ後で厨房に来るといい、うまい茶をごちそうするぞ」と言った。

「茉央婆はね、もう五十年近くもこの島の厨房で働いてるの」

「五十年近く？」

「そう。薬師も兼任してる島の生き字引よ。島のことなら茉央婆に聞けば間違いないわ」

「……」

生き字引という言葉に惹かれたが、さすがにこの老婆と二人きりになるのは勇気がいる。

林迅が葛藤と動揺の中にいると、近くの女官たちから苦情が上がった。

「ちょっと、茉央婆。彼を困らせないでちょうだい」

「そうよ、私たちだって彼を見た……硝子細工をじっくり見たいのよ」

文句を一斉に浴びせられて、茉央婆はしかたがなさそうに曲がった腰を林迅に向けた。

「(うるさい小娘たちじゃ）そうじゃった、そうじゃった。わしは薬草と干し肉を買いに来たんじゃ」

最初の方だけ小声で言い、茉央婆は林迅に「お茶を用意して待っておるぞ」と囁いて去っていった。さすがの林迅も寒気を感じ、ブルッと震える。

なんだ、あれは。幽鬼よりも恐ろしい。

無言で硬直している林迅を気の毒に思ったのか、香寿が苦笑する。

「言ったでしょ、茉央婆さんはいい男に目がないんだって。林迅兄さんは今まで来た男の中で一番綺麗だから目をつけられたのよ。気にしないでね」

人の気も知らず、香寿は商売に戻っていく。しばらく放心状態だった林迅は時間をかけてようやく我に返った。ここに硝飛がいなくてよかったと心から思う。いたら何を言われてからかわれるかわかったものではない。

台の上に並べた硝子細工がやけにまぶしく感じられ目を細めていると、ふと香寿が弾んだ声を上げた。

「鈴藍姉さん！」

年の頃は二十前。香寿によく似た美女が笑みを浮かべながら店に現れた。

目尻が少し上がっているが、全体的に柔和な面持ちだ。香寿より肌が白く、柳腰で立ち姿も女らしく見目麗しい。公吏が華郭島にと欲しがるはずだ。

「林迅兄さん。あたしの姉さんの鈴藍よ」

香寿は嬉しそうに姉を紹介してくれた。鈴藍は優雅に一礼すると、からかうように微笑んだ。

「香寿が男性を連れてくるなんて初めてね。そろそろ、お嫁にいく時期かしら？」

「やだ、姉さん違うわよ！　あたしはまだ成人したばかりなんだから」

香寿は林迅の腕を強く叩き、頬を赤く染めてチラチラと林迅を見る。ここは素知らぬ顔でいた方がいいだろう。

「香寿、父さんは元気？」

「元気、元気！　毎日お酒を浴びるほど飲んで硝子と向き合ってるわ」

「そう」

鈴藍は島に渡って三年になるというが、悲愴感はなかった。思えば硝子細工を買ってくれた女官たちも皆そうだった。もう、この島で一生生きていく覚悟を決めているのだろう。

女性というものは、林迅が思うよりも強いものだ。

「姉さん、今日は顔を見せに来てくれて助かったわ」

香寿は声を潜めて、周囲を見回した。見張りの公吏たちの視線がこちらに向いていないのを見計らって、懐から一通の手紙を差し出す。

「あら、これは？」

「父さんからよ」

「まぁ、嬉しい」

父からの手紙と知り顔を綻ばせる鈴藍に、香寿はそっと耳打ちした。

『――手紙を読んで。お願いがあるの』

声は聞こえなかったが、林迅は唇の動きで全てを悟った。

香寿は硝飛の存在を姉に伝えようとしているのだ。

鈴藍は表情を崩すことなく、静かに首肯した。

「来月はまた会えるのかしら？」

あたりさわりのない問いを投げかけられ、香寿はもちろんと返した。

「そう、よかった。父さんへのお返事もその時に渡すわね」

鈴藍は手紙を大事そうに懐に入れ、林迅に一礼して賑わう商店からそっと離れていった。

「……君には世話をかけるな」

自然と林迅の口から出た礼に、香寿の目が丸くなった。

「初めて好意的な言葉をくれたわね」

押しが強い彼女だが、不意の優しさには弱いらしく、照れくさそうに残りの硝子細工を並べだした。

「さぁ、今日は林迅兄さんもいてくれることだし、全部売り尽くしちゃうわよ！」

威勢のいい彼女に、林迅も頷く。苦労をかけた彼女に報いるためには、儲けさせてやるのが一番だ。

林迅は無意識に女官たちの視線を受け止め、愁いを帯びたように瞳を伏せた。

女官たちから歓喜の悲鳴が上がったのは言うまでもない。

2

一方、後宮の一番奥の房で女人（にょにん）の中に紛れ込んでいる硝飛は、いつ女装がばれるかとヒヤヒヤしていた。女官長が新入りたちにここでの生活や仕組みについてくどくどと語っているが、半分も耳に入ってこない。

要は、特段の理由なく公吏の詰め所には気安く立ち寄らないこと。新入りは二年ほど他の女官たちの侍女として働き、大部屋で共同生活を強（し）いられること。二年後は晴れて自分の居室を与えられ、侍女も持てること。もし皇帝のお手がつけば立場も変わり嬪（ひん）として扱われることなどだ。

硝飛にはまったく関係のない話だ。一刻も早くこの一団から離れて林迅と合流しなければ、彼女たちと大部屋で寝るはめになってしまう。それだけはなんとしても避けなければならない。

（だんだん化粧も落ちてきてるしな）

すでに、お前は男だろうといつ指摘されてもおかしくないかもしれない。

女官長が新入りたちを大部屋へと案内するというので、硝飛は一番後ろについて歩いた。

無理に膝（ひざ）を折り曲げているので、足の筋肉が震える。歩き方もはたから見たら滑稽（こっけい）かもしれない。本当に早く脱走しなければ、このままでは哀れな自分に自分が耐えられない。

回廊を歩くと、すぐ下が池だった。ここは池の中に建っているらしい。回廊からは後宮の表門に続く通路に出られる。その通路からはそれぞれの女官たちの居室らしきものが見えた。もういっそ、このままどこかの居室に滑り込み、身を潜めていようかと考えていると、不意に一室の扉が開いた。突然、中から出てきた細い手に腕を掴まれ、硝飛はあっという間もなく居室に引きずり込まれてしまった。

「な、なんだ⁉」

硝飛を居室に引きずり込んだのは、見知らぬ女官だった。事情が飲み込めず硝飛が口を開こうとすると、女官は「しっ」と己の唇に人差し指を当てた。複数の足音が聞こえなくなったのを確認し、女官はようやく笑顔を見せる。

「あなたが硝飛ね。新入りの中で窮屈そうな歩き方をしている一番の美人だって書いてあったからすぐにわかったわ」

そう言って、女官は手紙のようなものをヒラヒラと見せた。

「あ、あなたは？」

「私の名前は仙鈴藍、香寿の姉です。あなたを助けてほしいと香寿から頼まれたの」

「香寿の姉さん……？」

硝飛は目を丸くした。言われてみればどことなく香寿に似ている。

まさか香寿がここまで手を回してくれているとは思っていなかったので、硝飛は感動した。内部に手助けしてくれる者がいるだけで、ずいぶんと動きやすくなる。

「すみません、助かりました」

「見事に化けたものね。美人さんだわ。……でも、女装は苦痛だったのかしら？　顔色が悪いわね」

「ええ、少し」

鈴藍はクスクスと笑いながら硝飛を椅子に座らせて温かいお茶を淹れてくれた。ずっと緊張していたので、芳醇な香りにホッとする。

居室は宝座の裏に寝台があり、奥に開け放した小部屋が見えるが、華美なものは目立つほどない。鈴藍は質素を好む性分らしい。

「こんなことをして、あなたに迷惑がかかりませんか？」

「大丈夫よ。女官長には気分が悪くなって倒れてたあなたを介抱したってことにしておくから」

「ありがとうございます」

「手紙には、私たちの父さんの従姉を探しに来たって書いてあったけど……？」

なんとも話が早い。香寿様々だ。少しぐらい林迅と自分の扱いが違うことぐらい許してやろう。

「あ、はい。名前は采雪。二十年以上前にこの華郭島に送られてきたらしいんです。心当たりはありませんか？」

「二十年以上前……？　ずいぶんと古い話ね。……生きていたらお名前ぐらいは耳にしたことがあると思うのだけど、私がこの島に来てから一度も聞いたことはないわね……。年月もたってるし、ひょっとしたら、もう亡くなっているのかもしれないわ」

「え、ええ。まぁ、実はそうなんです」

「やっぱり亡くなってるの？　じゃあ、どうして采雪さんを探しているの？」

硝飛はどこまで本当のことを言っていいか迷った。香寿にはもちろん何も話してはいないが、この島の女官である鈴藍にはある程度打ち明けておいた方がいいのかもしれない。でないと、この先情報を摑むのも難しくなる。

「実は……」

硝飛は皇帝の宝具のことと、脱獄囚である己の境遇は避けて采雪のことを語った。すると鈴藍の目がこれでもかと大きくなった。

「つまり、あなたは采雪さんに同情したばかりに彼女に魂縛されてしまったということなのね」

「はい」

「それは大変だわ」

鈴藍は本気で気の毒そうに眉を下げた。

「魂縛は早く解かないとあなたの命が危険ですものね……」

「はい」

なにも覚えてない采雪の唯一の心残りは、彼女の父親が大事にしていた『鉞（えつ）』であるとごまかし、自分はそれを探しているのだと言うと、鈴藍は長考した。だが、やがて諦（あきら）めたように首を横に振る。

「鉞ねぇ……。そんなものは見たことはないけど……。そもそもそんな物騒なものが女ばかりの後宮にあるはずがないし……。あるとしたら、公吏の詰め所くらいかしら。でも、そこにもあるとは思えないわ。鉞を持った公吏なんて見たことないもの」

「そうですか……」

「お役にたてなくてごめんなさいね」

「いえ……」

ここでは何も情報を得られないのかと落ち込んでいると、鈴藍が「ちょっと、待って」と奥の部屋に入っていった。硝飛はその背中に声をかける。

「誰か知ってそうな人はいませんか？　できれば公吏以外で」

「うーん」

部屋の中で、彼女はしばらく沈黙した。やはりいないのかと思っていると、彼女は衣装を収める竹籠を持って部屋から出てきた。

「ひょっとしたら、厨房にいる茉央婆なら何か知っているかもしれないわ」

「茉央婆？」

鈴藍が言うには、茉央婆は五十年近くもこの島の厨房で働いている調理師兼薬師らしい。采雪が島にいたのが二十年前だとしても、茉央婆なら彼女を知っているかもしれないということだった。

思わぬ手掛かりを得て、硝飛の心が晴れていく。

「その茉央婆って人に会いたいです！　厨房に行けば会えますか？」

「ええ、たぶんね。厨房は公吏の詰め所の前庭の東側にあるけど……」

「公吏の詰め所の東側ですね」

ならば、林迅たちが入っていったあの建物のことだろう。なんとか後宮を抜け出して、そちらに向かわねばならない。

逸る気持ちを抑えていると、鈴藍が竹籠を開けた。

「後宮を出たら、これに着替えるといいわ」

そう言って彼女は竹籠の中から公吏の制服と、化粧落としの布と液体を取り出した。

「今なら、公吏に化けた方が島で動きやすいと思うの。着替えるのは後宮を出てからね。見つかっちゃうから」

「あ、ありがとうございます！」

「香寿の手紙を読んだ後に、ちょっと拝借（はいしゃく）しておいたのよ」

これで、女装から解放されると両手を上げて叫びたい気分だ。しかし、なんとも手際のいいことだ。

「大変な迷惑をかけてしまって、言葉もありません」

「気にしないで。今は楚々（そそ）として女官なんてやってるけど、これでも昔は香寿に負けないくらい男勝りのやんちゃ娘だったのよ。公吏の目を盗むなんて簡単なことよ」

見たところ、とてもそうは見えないが、あの香寿の姉なら、それもあるだろう。公吏の制服を受け取ると、ふと鈴藍の目が硝飛の手中に向いた。

「あなた、こんなものを持っていなきゃいけないほど霊感が強いの？」

硝飛は林迅がくれた護符をずっと大事に握っていた。そのせいでかなり護符はしわくちゃになってしまっている。

「え、ええ。油断すると瘴気（しょうき）に当てられて気分が悪くなっちゃうんです」

——でも、と話を繋（つな）げようとした硝飛に、鈴藍は心配そうに告げた。

「だったら、この島はあなたには毒でしょう？」

「え？」

「華郭島は怨念（おんねん）に満ちているから」

鈴藍の顔に影が差す。

「ここはね、呪われているの。幽鬼も出るしね」

幽鬼が出ると聞いて、硝飛はすぐに香寿から聞いた先々代の皇帝に惨殺された六人の女官の話を思い出した。だが、すぐに違和感を覚える。たしかに船の上では瘴気に当てられて苦しくはなったが、島に入ってからは逆に気分がスッキリしているからだ。林迅がくれた護符のおかげもあるのかもしれないが、それだけではない。この島自体に瘴気が少ないように思える。

船着き場で華郭島に立った瞬間から、硝飛はこの島はきちんと鎮められていると感じていた。脱獄時に足を踏み入れた宮廷の堀と一緒だ。無念な死に方をした者たちの怨念が溢れ出さないように儀式を行い、幽鬼になりそうな魂魄を鎮めている。だから比較的に島外の方が瘴気が強くなるのだ。

湖の瘴気が強いのは女たちの怨念などではなく、湖で亡くなった者たちの念である可能性の方が高い。船ごと沈んだ者の陰の気が瘴気となり、新たな船を沈めてしまう。要はこの島の水域は瘴気が新たな贄を呼び、また新たな瘴気を作るという負の連鎖に陥ってしまっているのだ。だから水難事故が絶えない。周辺の水域の怪異はけっしてこの島のせいなどではない。

それでも、ここには幽鬼が出るというのか。

硝飛は護符を握る手を若干強めた。

「幽鬼とはなんの幽鬼ですか？」

「この島ではね、四十年ほど前に六人の女官が先々代の皇帝に斬り殺されているの」

やはりそうか。

先々代は気性の荒い皇帝だったと聞いたことはあるが、なんの抵抗もできない女官を六人も斬り殺すなんて正気の沙汰ではない。

「なぜ六人の女官たちは斬り殺されたんでしょうか？」

「身に覚えのない懐妊があったからよ」

「懐妊？」

皇帝の手がついてない女官たちが懐妊したというのか。

「不貞ですか？」

「そうね。皇帝はそれはもうお怒りになられて、お腹の赤子ごと女官をお斬りになられたそうよ」

「赤子ごと……。不貞を働いた男は？」

「……六人が六人とも名乗り出なかったらしいわ。泣いたのは女だけ……残酷よね」

なんとも惨い話だ。先々代の皇帝にも相手の男たちにも反吐が出る。

「それ以来、この島には斬り殺された女官たちの幽鬼が出るの。……この島の女官たちはたいてい見ているわ。しかも、それだけじゃないの。墓から死体が歩いて出るなんて噂もあってね」

「死体が？」

「ええ。土を掻いて出てくる死体は決まって六体……。それも斬り殺された女官の幽鬼が定期的に死体を攫っていくんだって言われているわ」

「それは穏やかじゃないですね」

硝飛は神妙な顔をして見せたものの、内心では話の信憑性を疑っていた。さもありなん な怪談ではあるが、なにせ島の鎮めがきちんと施されているおかげで瘴気は薄い。そんなところに幽鬼が何十年も怨念を持って出て来られるのだろうか。

最初の頃は、本当に出ていたのかもしれないが、ここまで年月がたつと、噂の範疇を出ない気がする。

「六人の女官が連れていくのは死人だけじゃないの……」

鈴藍の顔が一層怖くなった。怪談を語る時に顔が暗く怖くなっていくのは姉妹一緒らしい。

「死人だけじゃない？」

「生きた人間も、六人の女官が連れ去っていくの」

「生きた人間も？」

「ええ。六人の女官は死人だけじゃ飽き足らず生きた女人もあの世に引きずっていくと言われているわ。その証拠にここ数年、島で行方不明になった女官の数も増えていてね……。一年前には、私の友人も消えてしまったわ。とても元気な人だったのだけれど、風邪を患って寝込んでいるうちに女官の霊が出たと騒ぎ出して、ある日忽然と……」

鈴藍の瞳はあくまでも真剣だった。彼女は六人の幽鬼の話を信じているのだろう。

しかし、島で行方不明になると言うが、こんな小さな島で長期間隠れられる場所もないだろう。だとすると、島からコッソリ逃げたか、己の身を悲観して海に身を投げたとしか考えられない。

硝飛には、納得できない出来事を全て六人の女官のせいにしているとしか考えられなかった。

「とにかく、この島の呪いは危険よ。あなたも護符をしっかり持って十分に気をつけてね」

「わかりました。ちなみに墓地はどこにあるんですか？」

「後宮の裏手の森を抜けた先にあるわ。断崖の近くに墓碑がたくさんあるの。せめて、島の外が見られるようにってことらしいけど、死んだ後じゃ慰めにもならないわね」

硝飛は怪談を噂だろうと一蹴はしなかった。

疑念はあるものの、大勢の者が何かを見ているのは間違いがないのだろうから。

「じゃあ俺、その茉央婆さんに会ってきます。助けていただいてありがとうございました」

硝飛が丁寧に拱手(きょうしゅ)すると、鈴藍も一礼した。

扉をそっと開けて外を窺(うかが)い、誰もいないことを確認すると硝飛は滑るように居室から出る。——と、扉を閉じようとした硝飛を鈴藍が呼び止めた。

「あの——」

「——?」

彼女がまだ何か言いたそうなので動きを止めると、鈴藍はか細い声で呟(つぶや)いた。

「あの子はいい子なの。だから……」

「?」

「——」

言葉の意味がわからない硝飛に、鈴藍は何かを吹っ切るように笑顔を作って首を横に振った。

「ごめんなさい。なんでもないわ。急いで」

急(せ)かされた硝飛は、追い立てられるように扉を閉めた。

(あの子?)

いったい、彼女が何を言いたかったのか気になったが、じっくりと話を聞いている時間はない。後ろ髪を引かれる思いで、硝飛は鈴藍の居室を後にした。

香寿の姉は、その名のとおり蘭の花のように美しく鈴の音のように涼やかな女性だった。

そんな彼女が、一生この島の囚われ人だと思うと無性にやるせなかった。

素早く後宮の中を駆け、硝飛は公吏の詰め所へ急いだ。女官たちに出くわしそうになるたびに物陰に隠れてやり過ごす。

いつ女官に見つかってもおかしくない中、硝飛は後宮の外へ出ようと右往左往する。すると、突如女性の悲鳴が響き渡った。周囲が騒がしくなってきたのでとっさに身を潜めると、居室から一人の女官が飛び出してきた。その顔は青白く、全身をガタガタと震わせている。

「琉杏様！」

彼女の侍女が慌てて、震える女官を追って居室から出てくる。

「幽鬼、幽鬼よ！　女の幽鬼が私を睨んでいたの！」

「琉杏様、お気をたしかに。幽鬼などおりません」

「嘘よ、いたわ！　六人の女官の幽鬼よ！」

「お風邪を召して熱に浮かされただけですわ。さぁ、早く薬湯を飲んでお休みください」

侍女は大騒ぎする女官を宥めながら、居室へと戻っていく。何事かと周辺に集まっていた女官たちは、憔悴しきった琉杏の背中を気の毒そうに見てヒソヒソと囁きあった。

「なんてことなの。あんなにやつれて……見てられないわ」

「最近、琉杏様は頻繁に幽鬼を見ているわね。あれでは風邪も治りはしないわ」

「怖いわ。私もこの前、夜中に不気味な赤子の泣き声を聞いたのよ」

「あなたも？　私は先月、赤子を抱いた女の幽鬼を見たわ」

「きっと、六人の女官の幽鬼よ」

「ああ、もう。ただでさえ島の中に閉じ込められて窮屈な思いをしているのに、どうしてこんな恐ろしい思いをしなきゃならないのかしら」

　女官たちは身を寄せ合い、震えながら去っていった。本気で怯えていた彼女たちが気の毒になり、念のため琉杏の居室の前に立ってみたが、やはり瘴気は感じられなかった。

　いったい、彼女たちはなにを見ているのだろうか。

　再び人の気配を感じ、硝飛は急いでその場を離れる。なんとか後宮から出ようとしているうちに、すっかり道に迷ってしまった。後宮内は広い。どうにか表門へ向かいたいが、すでに自分が来た道さえわからない。それでもどうにか建物の群れから出たとたん、硝飛は本気で途方にくれた。目の前に鬱蒼とした森が広がっていたのだ。

「しまったな……」

　後宮から出たまではいいが、うっかり裏門から出てしまったらしい。ここからは公吏の詰め所どころか朱雀宮さえ見えない。しばらく森の中を歩いてみたが、あの大きな牌坊の頭さえ見えないとなると、どうやらここは島の真反対になるらしい。とはいえ、また後宮に戻るわけにもいかず、硝飛は一層大きな木の側で公吏の制服に着替えて化粧を落とした。

束の間の解放感を味わいながら、なんとか公吏の詰め所へ行こうと森の中を彷徨(さまよ)っていると、しばらくして硝飛は妙な異変に気がついた。

それは、怪異などではなく物理的なものだ。数ある木々のうち、いくつかに鋭利なものが刺さったような跡があったのだ。

「なんだ、これ……」

よく見ると、矢の跡に思える。歩を森の奥深くに進めていくと、だんだんと傷つけられた木の数が増えていく。しまいには藪(やぶ)の中に落ちている矢そのものまで見つけてしまった。

「まだ、矢が新しい……」

矢は錆(さ)びてはいなかった。矢尻はしっかりとした作りで、なかなか高価なものだ。

島に暴漢が入り込み、公吏が追い回しでもしたのかと思ったが、それにしては傷つけられている木の数が尋常ではない。まるで森の中で逃げ惑う獣の狩りでもしていたかのようだ。

やがて、周囲から木々はなくなり、目の前が開けた。そこは断崖になっており、湖がよく見渡せた。残念ながらここからでは岸は見えないが、それでも視界の先に自由を感じた。

断崖の近くにはたくさんの墓碑が並んでいる。この島で一生を終えた女官たちの墓だ。

硝飛はいつの間にか、島の墓地へと迷い込んでしまったらしい。

墓の前には人が数人入れそうな石造りの小さな廟(びょう)がある。球状のその中から強く澄(す)んだ気を感じる。やはり思ったとおり、島の鎮めの儀はきちんと行われてるようだ。この石廟を中心にして見事に怨念や邪念が祓われている。

「……やっぱり、これじゃ悔いを残していても幽鬼にはなれないよな」

硝飛は近くの墓碑に違和感を感じ、片膝をついた。墓碑の下の土をよく見ると、まだ柔らかい。たしかに墓は一度掘り返されている様子があった。

「墓から死人が出てくる？」

硝飛は柔らかい土に触れて首を傾げた。

墓から死人が出るというよりも、墓荒らしに掘り返された可能性の方が高いのではないだろうか。

身分の高い者の墓には副葬品を狙って墓荒らしがよく出る。ここの女官たちの墓ならばそれなりの副葬品もあるだろう。

「でも、それだと島内に墓荒らしがいるってことになるしな」

硝飛は墓地全体を見回して、大きく息を吐いた。

「もしかして、鎮めの儀をものともしない屈強な幽鬼だったりして」

元々、硝飛は宝具師だ。いくら霊感が強くても幽鬼祓いに関しては専門外だ。こういったことは道士か覡に頼むのが一番だと思うが、この島ではそれも許されないのだろうか。

（まぁ、皇帝が女官に不貞を働かれて、六人も無残に斬り殺したなんて公式に認めたくな

い気持ちもわかるけどな）
硝飛は若干怒りを覚えつつ、踵を返した。
とりあえず、今は林迅と合流するか、茉央婆さんのもとへ急がなければならない。
硝飛は再び森の中へ戻り、四合院を目指した。

3

汪林迅は簡易商店から一人離れて、同じ四合院内にある建物へと向かった。ここには茉央婆の厨房がある。自分でも驚くほど心が重たかったが、それでも林迅は一縷の望みをかけて妖婆の領域へとその身を投じようとしていた。

香寿の手を借りて公吏の目を盗んで出てきたが、正直彼女が気を利かせてくれなければ、林迅は自ら行動を起こせなかったかもしれない。それほどあの老婆は苦手だ。

「失礼する」

厨房は目と鼻の先なので逃げる選択肢を選ぶ暇もなく、林迅は死地へと足を踏み入れた。

だが、せっかく勇気を振り絞ったというのに中には誰もいなかった。拍子抜けして厨房を見回すと、新鮮な食材が使いやすいようにきちんと分けて並べられていた。鉄鍋等は綺麗に磨かれて黒光りし、調理台は光が反射するほど汚れがない。

床も壁も焦げ一つない美しい厨房だ。調理器具も厨房も毎日磨き上げられている証拠だろう。調理場を管理しているのは茉央婆だけではないだろうが、それでも意外で驚いていると、突然、背後からしわがれた声がかかった。

「まさか、本当に来るとはのう。ヒヒヒヒ」

身体中の肌を粟立たせながら振り向くと、茉央婆がまるで生け贄を見るような目でニタリと笑った。いったい、いつの間に背後を取られていたのか。緊張と恐怖のあまり気づけなかった自分が情けない。

「迷惑かとは思ったが、あなたに聞きたいことがあってお邪魔させてもらった」

なるべく冷静を装って口を開くと、茉央婆は目を瞬いた。

「なんじゃ。わしに会いたくて来たんじゃないのか」

それは絶対にない。

口からついて出そうになったが、林迅は懸命に能面を装う。

「まぁ、ええわ。こっちゃさ来い」

茉央婆は林迅を手招きして厨房内にある奥の部屋へと案内した。

言われるがままついていくと、中は厨房とは打って変わって雑多な空間だった。いろいろな薬草があちこちに放り投げられており、製薬道具はいつ洗ったのかと問いたくなるほど濃いへどろ色になっている。寝台と小さな円卓、そして椅子がかろうじてあるが、物をかき分けなければ座ることさえできない。

「わしの部屋じゃ。よく考えたら男を招き入れるのは、うん十年ぶりかのう」

いちいち気持ちの悪い言い方をしながら、茉央婆はポイポイと椅子の上の物を放り投げて林迅を座らせた。

「ちょっと、待っておれ」

茉央婆は奥で何やらゴソゴソしていたが、再びいくつもの置物をガチャガチャと放り投げて茶器を取り出してきた。

「のんびり茶でも飲もうや。この婆も天人様と話をするのは初めてじゃて、緊張しておるんじゃ」

そう言って茉央婆は林迅の向かいに座り、なにやら鼻をつくにおいのする土色の茶を淹れてくれた。

「……」

勧められはしたが、とても飲む気にはなれず林迅は話を続ける。

「あなたは五十年近くこの島で働いているとお聞きしたが……。少し昔のことでも覚えておられるのだろうか」

まったくお茶に見向きもしない林迅が不服なのか、茉央婆はつまらなそうに唇を尖らせた。

「ああ、覚えておるよ。まだ耄碌するような歳でもないしの。わしは五十年間一度も島から出たことがない。刺激が少ない島じゃから、変わったことがあればたいていのことは記憶に刻まれる」

「……ならば二十年ほど前にこの島で女官をしていた采雪という女人をご存じだろうか」

「采雪？」

ピクリと、茉央婆の眉が上がった。明らかに覚えがある顔だ。

「ああ知っておるよ。しかし、ずいぶんと古い話をするのう。お前さんは何者じゃ」

「……」

林迅は言葉に詰まりながら、硝飛と話を合わせていたとおりのことを説明する。

「ほうほう。なるほど。するとお前さんの知り合いがその采雪に魂縛されておると」

これはさすがに意外だったのか、茉央婆はあからさまに驚いている。

「それなら、何がなんでも手掛かりは必要じゃのう」

そう言うと、茉央婆はあの気持ちの悪い笑みを浮かべて濁った瞳を光らせた。これは何かを企んでいる人間の顔だ。

「あの娘のことはよう覚えておるよ？　それでものう、ただで教えるというわけにもいくまい」

「金なら……」

「金などいらぬわ。この婆をなめるでないぞ」

「……ならば、なにを」

「そうさのう。まぁ、楽しみの少ない島じゃて、婆の話し相手になってくれればいいわい」

「話し相手……」

実は、それが一番苦手なのだが。

頭を悩ませていると、茉央婆はずいっと林迅へ茶碗を寄せてきた。

「そう緊張せんでもよい。茶でも飲みながらゆっくりと……な？」

「茶？」

林迅は恐る恐る目の前の茶に視線を落とした。さっきから漂う悪臭は一向に消えていない。いったいこのあやしい飲み物はなんなのだ。

「ほれほれ、早う飲まんと冷めてしまうぞ」

「いや、これは……。とても茶には見えないが……薬湯の類だろうか？」

「お、気づいたか？　実はな、惚れ薬じゃよ。ほ・れ・ぐ・す・り」

「ほ——？」

珍しく林迅は唖然と口を開けてしまった。惚れ薬とはあの惚れ薬か。

「まぁ、惚れ薬というのは言い過ぎかもしれんがな。飲むと感情が高まり、最初に見た者に惚れ込む錯覚を起こさせる薬じゃ。ほれ、雛が最初に見たものを親と認識する現象と一緒じゃよ。わしの宝具は製薬道具でのう。趣味で珍しい薬を調合して楽しんでおるんじゃが、長年の研究のすえ出来上がったのがそれよ。一度誰かに試してみたいと思っておったんじゃが、なかなか好みの男が島に現れんでな」

「しかし、ついにこの時がやってきたというわけじゃ。わしの全てを捧げてやってもよい男がのう。それを飲んでくれたらなんでも話してやるぞい」

ヒヒヒヒと笑う茉央婆の声は邪気満載だ。やっぱり彼女は妖怪かもしれない。

どうでもいいが、なぜ上から目線なのだ。

「いや、さすがにそれは……」

冷や汗をかきながら断ると、茉央婆の目が吊り上がった。

「ほう？　飲まぬと申すか。別にわしはいいんじゃよ？　采雪のことを話さぬだけじゃからな」

なんという妖婆だ。究極の二択を迫られ林迅は本気で悩んだ。

惚れ薬を飲むのは死ぬほど嫌だ。それぐらいならこの命を絶つ。だが、自分がここで我を通せば、皇帝の鉞の在処はいつまでたってもわからぬままだろう。そうなれば、汪家の人間は一族郎党処刑、硝飛の魂縛も解けず、彼の命は消えてなくなってしまう。その前に捕らえられて処刑が先かもしれない。

それだけはどうしても避けなければならない。皆のためなら、自分が犠牲になることくらい軽いものではないか。

（硝飛……）

林迅は静かに瞳を閉じた。

（後は、頼んだぞ）

自分はこれからどうなってしまうかわからない。硝飛一人ではまったくもって心許ないが、それでも託すのは彼しかいない。

林迅は仰々しいほどの悲壮な決意と共に、茶碗を手に取った。

ままよとばかりに飲み干そうとしたその時——。

「待ったー！」

聞き慣れた声が厨房側から飛んできた。

思わず目をやると、なんと公吏姿の硝飛がズカズカと部屋に入ってくるではないか。

「な、なんじゃお主は！」

仰天する茉央婆を無視して、硝飛は怖い顔で林迅から茶碗を奪った。

「俺が飲む！」

言うが早いか、硝飛はあの不気味な惚れ薬を一気飲みしてしまった。

「硝飛！」

慌てたのは林迅だ。呆気にとられる暇もなく立ち上がり、とっさに硝飛を背中から抱き込んで彼の目を片手で隠した。

「この惚れ薬は初めて見た者に惚れてしまうんだ。そのまま目を閉じていろ！」

忠告すると、硝飛はコクリと頷いた。

「なんじゃこのおいしくない展開は！　そもそもお主は何者なんじゃ！」

思惑が外れた茉央婆が激昂して硝飛を指さす。

硝飛は目を閉じたまま、堂々と言い放った。

「俺は李硝飛。采雪に魂縛されてる張本人だ！　さっきから聞いてれば、人の足元を見るようなことばっかり言いやがって、このくそばばあ！」

「んな！」

どうやら、硝飛は厨房で一部始終を盗み聞きしていたらしい。

「要求通り薬は飲んだんだから、知ってることを話せよな！」

「わ、わしは……そこの天人様に飲めと言ったんじゃ！　お主じゃないわい！」

「なんだと!?　そもそもなんで林迅が無理やりあんたに惚れなきゃならねぇんだよ！　いくら交換条件でも割にあわねぇだろ！　俺で我慢しとけ！」

「硝飛。――それも絶対に割に合わない。もっと自分を大切にしろ」

いきり立つ硝飛を林迅が宥めると、茉央婆が「二人ともなんと失礼な言いぐさじゃ！」と目くじらを立てた。

いくら妖婆とはいえ、女性は女性。いささか言い過ぎたと判断した林迅は茉央婆に向き直り丁寧に頭を下げた。

「――茉央殿。たしかにこちらも無礼であった。しかし、惚れ薬を飲めとは言われたが、誰が、とはあなたは言われなかった。こうして私の連れが己の身を犠牲に……。いや、自ら進んで飲んでくれたことは事実」

「……」

「約束は約束です」

声を一層低くして、林迅は茉央婆を見据えた。茉央婆はそれ以上なにも言えなくなり、ぐうっと唸った。

しばらく歯ぎしりをして二人を睨んでいたが、老婆は諦めたのか大きく息を吐き出して、椅子の背もたれに身を預けた。

「しかたがないのう！　なんでも聞くがよいわ！　どうせ退屈しておったんじゃ。こんな催し物もなかなかないからのう！」

どうやら、こちらの勝ちらしい。林迅がホッとすると、硝飛が浮かれて「本当か!?」と目を開けそうになった。

「目を開けるな！」

一喝すると、硝飛は慌ててギュッと瞼に力を入れた。

「硝飛、首に巻いていた紗を出せ」

林迅は硝飛が袖の中から探り出した紗を受け取り、目をグルグルに隠してしっかりと結んだ。これならうっかり者の硝飛が目を開けても大丈夫だ。

「ありがとう」

「……礼を言うのはこちらの方だ」

自分が惚れ薬を飲むのを躊躇していなければ、硝飛が犠牲になることもなかった。彼の無鉄砲で自己犠牲が強いところは昔と全然変わっていない。

林迅の声音で何かを感じたのか、硝飛はにっこりと笑った。気にするなと言ってくれているのだろう。

「──お主らの仲が良いのはわかったから、さっさと本題に入ってくれんかのう。わしも暇じゃないんじゃ」

茉央婆はどうでもよさそうに、舌を打った。林迅は目の見えない硝飛を丁寧に椅子に座らせて問いたいことを一から彼女に尋ねた。

「そうそう、采雪じゃったな。まぁ、その名を聞くのも久しぶりよのう。あの娘は二十年以上前にこの華郭島に連れてこられたんじゃが、なにもかもが異端じゃったわ」

「異端？」

「そうさ。まず生まれつき右目がない者がこの島の女官になるなど稀なことよ。じゃが、あの娘は右目を差し引いても本当に美しかった。眼帯でさえ、あの美貌の一部になっておったからの」

「……彼女はずっとこの島に？」

「いいや。ある時、島から出ていったんじゃ。これも稀なことよ。この島の娘は一生囚われ人なんじゃからな」

「ある時とは？」

彼女が島を出ていったことは察しがついている。知りたいのはなぜなのかだ。

「二十年ほど前のある日、中央からお偉いさんがやってきてのう。この島で祭祀(さいし)を行ったんじゃ」

「……」

「この島は昔からいろいろとあってな。幽鬼が出没するだの、呪いだ怨念だと噂が酷(ひど)かった。それを耳にした中央が騒ぎを鎮めるために宮廷からとても偉い覡を派遣されたんじゃ」

「かん……なぎ？」

なぜか、林迅の胸がドクンと鳴った。

「その覡の名は？」

「今もその名は中央にあると思うがの。礼部の尚書(しょうしょ)、汪界円(かいえん)殿じゃ」

「――っ！」

思わぬところで義父の名を聞き、林迅は愕然とした。

「その汪界円殿が鎮めの儀を行ったと？」

「そうじゃ」

「――汪尚書なら納得だ。それは見事に島が鎮められてたぜ」

何を見たのか、硝飛が横から口を出してきた。

「あれじゃ幽鬼も出て来られないだろうな。さすが汪尚書だ」

「そうか……」

硝飛の話は後で聞くことにして、林迅は茉央婆を促した。

「それで茉央殿、その汪界円殿と采雪はどのような関係が？」

「汪殿が采雪を見初めたんじゃよ」

「っ！」

林迅も硝飛もさすがに絶句した。いくら皇帝の渡りがまったくないとはいえ、皇帝のための後宮で一臣下が女官を見初めるなどあってはならないことだ。

「まさか……」

青ざめた林迅の口から反論の言葉が出る。

「汪界円殿がそのような愚かなことをするはずがない」

「なんじゃ、お主はわしが嘘をついておるとでも言うのか？」

「いや」

そうではないと取りなしたが、本心は嘘であってほしいと思っていた。

「もしかして、汪界円殿が采雪を島から連れ出したのか？」

硝飛が問うと、茉央婆はあっさりと認めた。

「わしは汪殿が中央とどのようなやりとりをしたかはさっぱり知らぬがな。少なくとも、あの鎮めの儀の時に、汪殿が采雪を島から連れ出したのは間違いがない。その際、采雪は汪殿からそれは見事な贈り物をもらってのう、いたく喜んでおったわ」

「贈り物とは？」

「硝子でできた義眼じゃ」

自分の右目を指さす茉央婆に驚いて、林迅は硝飛を見た。彼も目隠しの下からこちらに目を向けているようだった。

「義眼……」

だから幽鬼の彼女には両目があったのか。右目の色が薄く感じたのも義眼だったからだ。

「先代の澄明（ちょうめい）皇帝は穏やかな人物だったと風の噂で聞いたことがある。だからこそ、采雪の件も許されたんじゃろう。実際、先代の時代に一度この島の女官たちを皆解放するという話もあったみたいじゃが、皇帝が崩御（ほうぎょ）なされてその話もたち消えた」

「そうなんだ」

「後を継いだ昂明帝が話を白紙に戻したんじゃ」

「現皇帝が？」

「ああ、まだ子供のくせにあの狐顔のお坊ちゃんは女人に目がないんじゃろうのう。実際、成人の儀が近づくにつれて、島に送られてくる女人の数もだんだん増えてきたからな。成人されたら足繁く島に通われるかもしれんわ。今後は忘れられた後宮の汚名も返上じゃ」

「……」

林迅は、茉央婆の言葉にどことなく引っかかりを覚えた。仮にも皇帝をお坊ちゃん呼ばわりしているのが気にかかったのかもしれないが、はっきりと理由はわからなかった。

「──それで、その後の采雪の消息は？」

先を促すと、茉央婆は唇をへの字に曲げた。

「采雪が島を出てからのことはわしは知らん。しかしの、おかしなことにあの娘は数年後にこの島に帰ってきたんじゃよ」

「帰ってきた？　一人で？」

硝飛が素っ頓狂な声を出すと、茉央婆は頷いた。

「ひどく憔悴しておったが、あの娘は島に帰ってきた理由を誰にも喋らんかった。それこそ、最も親しかった女官にもな」

そこまで喋ると、茉央婆はお茶をズズッと啜った。

「それで彼女は？」

「消えたよ」

「消えた？」

「采雪が消えたのは島に帰ってきてすぐのことじゃった。あの娘が最初に島に渡ってきた時から親しくしておった月春という女官がおったんじゃがの、その女官が不幸にも病でこの世を去ったんじゃ。采雪はそれはもう嘆いてのう……気づいた時には島のどこにも見あたらんようになっとった」

「それって……」

「采雪が島の外でどんな目にあったかは知らんがの、心の拠り所になっておった知己にも死なれて、世の中に絶望したんじゃないかと当時はみな言うておったわ」

「つまり……」

「海に身を投げたということじゃ」

「……」

二人は言葉を失った。謎が解けたようで増えた。そんな妙な気分だった。

ただ、采雪が汪界円に連れられて華郭島を出て行き、その後なんらかの理由があって島に帰ってきた。だが、なぜかその姿はすぐに島から消えた。そして、今日まで彼女は消息不明のままだということはわかった。

「……いったい、どういうことだ？」

硝飛が頭を掻く。林迅は義父と采雪の間柄が気になってしかたなかった。本当に二人が恋仲だったとしたら、とんでもないことだ。

「なぁ、茉央婆。采雪のことはよくわかったよ。あと一つ、彼女は鉞を持っていたはずなんだが、それがどこにあるか知らないか？」

硝飛が円卓の上に身を乗り出す。茉央婆は首をひねる間もなく即答した。

「鉞？　そんなもん知らんがな」

「本当？　采雪がこの島に帰ってきたとき持ってなかった？　もしくは誰かこの島で鉞を見たって人はいない？」

「ないない。采雪も持っておらなんだ。だいたいそんなものをか弱い娘が持っておったら目を引いてしょうがないわい」

「それもそうだ」

説得力のある茉央婆の言葉に、硝飛は身体を引いた。

しかし、となれば采雪は鉞をこの島に持ってきてないということだ。それとも、ものがものだけに、なんらかの方法でこっそりと持ち込んだかだ。

「……う～ん」

　硝飛は腕を組んで何やら考え込んでいる。これ以上彼女に聞くこともないので林迅は硝飛の腕を摑んで椅子から立ち上がらせた。

「茉央殿。貴重な情報をいただき感謝する。居室を騒がせた礼はいずれまた……」

「もういいわい。どうせ、お主は惚れ薬を飲んでくれんじゃろうしの」

　興が醒めたと言わんばかりに片手を振られ、林迅はスッと目を細めた。

「ところで茉央殿、連れが飲んだ惚れ薬はいつ効力が切れる？」

「心配せんでも一刻もすれば効力はなくなるわい。それまで目を閉じておくことじゃな」

「――ええー。そんなに？」

　硝飛はげっそりと肩を落とす。林迅は茉央婆に一礼して、硝飛が物にぶつからないように誘導しながら居室を出た。厨房を後にしてようやく邪気から解放されたと息をつき、林迅は誰にも見つからないように注意しながら四合院を出て、近くの森の中に硝飛と共に身を潜めた。

「身体に異常はないか？　硝飛」

「大丈夫大丈夫」

　硝飛を一本の大木の側に座らせて、林迅は空を見上げた。太陽はだいぶ西に傾いているが、薬を飲んで一刻となれば正確な時間がわからない。

「相変わらず無茶なことをする」

「でも、おかげで有益な情報が手に入ったよな」

「ああ」

そこは頷くしかない。しかし、采雪と義父がただならぬ関係だったことは、林迅を大いに悩ませていた。茉央婆の話が本当だとしたら、鉞のすり替えに義父の界円が関わっていることも否定できないからだ。

「……なんだか話がさらにややこしくなってきたな。もし、皇帝の宝具のすり替えに汪尚書が関わっていたとしたら、俺たちのやろうとしていることは、汪家の立場をさらに悪くするかもしれない」

「……理由がない」

「え？」

「もし、義父上が宝具をすり替えたとしても、その理由はなんだ？」

「それは……」

「もしかしたら、義父上に罪を被せようとしている者がいるのかもしれない」

「林迅……」

硝飛は答えなかった。答えられなかったのだ。冷静になって考えてみても汪界円には利がない。だが、彼に罪を被せようとする者の心当たりもないのだ。

「とりあえず、俺たちは本物の宝具の行方を探さなきゃな」

「だが、手掛かりはまた途絶えた」

　茉央婆は鈹など見ていないという。ならば、これから先どうやって鈹の在処を探ればいいのだろうか。

「それなんだけどさ。俺一つ思い当たることがあるんだよ」

　硝飛が意外なことを言ったので、林迅は驚いた。あの話の中のどこに鈹の在処を探る手掛かりがあったというのだ。

「茉央婆さんがさ、采雪が行方をくらます前に、彼女の知己……月春が病で亡くなったって言ってただろ？」

「ああ」

「もちろん、その時きちんと葬儀が行われたと思うんだよな。埋葬（まいそう）も」

「それは当たり前だろう」

「……時期的に、鈹を隠すのが最適だと思わないか？」

「？」

「もし、月春の棺（ひつぎ）に采雪が鈹を隠し入れたとしたら？」

「……副葬品に紛れて、鈹は墓の下だというのか？」

　あまりの推理に林迅は啞然とした。なんという大胆な発想だ。だが、もし棺と共に墓の下に埋まっているとしたら、鈹は誰にも見つからない。それこそ、永遠に。

「……ない話じゃないな」

「だろ？　いや、実は俺がこんなこと思いついたのはさ、この島に墓荒らしがいるかもって思ったからなんだけど」

「墓荒らし？」

　林迅は硝飛から、後宮や墓地での経緯を全て聞いた。それを聞くと、鉞が棺内にある可能性は零(ゼロ)ではない気がした。

「しかし、六人の女官の幽鬼か……」

「うん、墓から死体が出てくるなんて噂もあるらしいけど、俺にしたら眉唾(まゆつば)だね。たしかに墓の土は掘り返されてたけど、墓荒らしの仕業(しわざ)だって方が納得できる」

「それはそれでゾッとしないがな。何十年にもわたって墓から盗みを働いている者がいるということだからな」

「墓荒らしの目的も、ひょっとしたら鉞だったりして」

「俺たちのように皇帝の宝具を探している者がこの島にいると？」

「まぁ、そこはわからないけどな。皇帝の宝具が偽物(にせもの)だと気づいたのは俺が最初じゃないのかもしれないし」

　考えすぎると次々と疑問ばかりが出てくる。謎は一つ一つ潰(つぶ)していくしかない。

「わかった、俺が墓地に行ってみよう」

そう言って林迅が立ち上がると、当然のように硝飛も立ち上がった。だが、林迅は彼を押さえつけてその場に座らせる。

「お前はここにいろ」

「えっ、なんで？」

「忘れたのか？　お前は惚れ薬を飲まされてるんだぞ。目も開けられない状態じゃ、なにもできないだろう。なにより危険だ。このままここでじっとしていろ」

「えー。また離れるのかよ。一人ってけっこう心細いんですけど。女装してた時はさ、いろいろと……ぶにっ」

子供のように愚痴や不満を漏らす硝飛の口を林迅は潰すように握った。

「とにかく、お前はここで大人しくしていろ。勝手なことは絶対にするなよ。墓を荒らすぐらい俺一人で十分だ」

硝飛の口角が上がったので手を放すと、硝飛はわざとらしく嘆いた。

「なんだ、汪公子は墓を暴くのか？　貴公子が泣くな」

「うるさい」

林迅は取れかけている硝飛の紗を縛りなおして、彼から離れようとした。と、いきなり硝飛が林迅の腰にある倭刀の鞘を握った。

「どうした？」

「あ、いや……」

そんなに心細いのかと真剣に問うと、硝飛はパッと手を放して、首を横にぶんぶんと振った。

「いや、違う！　いってらっしゃい！」

「変な奴だ」

率直に言ったが、はたと思い出し、硝飛のもとに膝をつく。

「忘れていた。お前の剣だ」

腰にしていた硝飛の宝具『蝶輝』を渡すと、硝飛は懐かしそうに胸に抱いた。

「ああ、俺の相棒！　会いたかったよ！」

女装をしている時に剣は不自然だったので、硝飛から預かっていたのだ。無事に主のもとに返せて、林迅は安堵した。

「それじゃ俺は行く。十分に用心しろよ。何かあれば躊躇なく宝具を使え」

「……」

林迅は硝飛がなんらかの理由で宝具の力を発揮しないことに気づいていた。硝飛は頷きはしなかったが、ニコリと笑って片手を振った。

「お前も気をつけてな」

「ああ」

硝飛から墓地の詳しい場所を聞くと、林迅はその場を後にした。

第六章　それぞれの宝具

1

森の中に一人取り残された硝飛は、林迅の宝具に触れた手を何度も握ったり開いたりして感覚を研ぎ澄ませた。だが、やはり鞘越しでは何にも感じなかった。

（やっぱり、抜き身に触れてみないとわからないか……）

硝飛が林迅の宝具に触れたのは、彼を引き止めたかったからではない。ちゃんと確かめたかったからだ。

――林迅の宝具はきちんと魂入れがなされているのか……と。

汪界円が采雪と関係があると聞いた瞬間から、抱えていた疑惑が蓋を開けて溢れ出したのは隠しようがない事実だ。

林迅があの倭刀と共鳴していないのは、流白蓮が指摘したように事実だ。林迅自身はそれを己の霊力不足だと思っているようだが、硝飛にはどうしてもそうは思えなかった。霊力が低ければそもそも覡の修行など勧められないだろう。と、なれば汪界円が魂入れに失敗したことになるが、そんなことは宮廷付きの覡に限ってありえない。

それゆえ、硝飛はその疑問にも目をつむってきたのだ。しかし、もし汪界円に悪意があったとしたらどうだ？

（倭刀には、あえて魂入れがなされていない……）

「う〜ん」

硝飛は頭が痛くなって、大木に身を預けた。

そんなことをして、汪界円になんの得があるのだろうか。皇帝の宝具すり替えと同じだ。養子の宝具の魂入れをわざと行わない理由が見当たらない。

「うう〜ん、う〜ん」

どう考えても答えが出てこなかった。たとえ彼に悪意があろうともだ。

「養子いじめ？」

幼稚な考えに行き着いてしまい、それはないと硝飛は打ち消す。そもそもいじめるぐらいなら最初から林迅を引き取らないだろう。

硝飛は紗の中で目を閉じた。あまり意味がない行為だが、暗闇がさらに深くなるので感覚がさらに研ぎ澄まされた。

「そういえば、あいつ倭刀に触れても怒らなかったな……」

目が見えていないから大目に見てくれたのだろうか。とはいえ、宿屋での和解から、林迅が微妙に優しくなったのも事実だ。

（まぁ、なんにせよ。昔みたいに戻れてよかったよ）

硝飛はクスッと笑った。——と、その刹那。

ヒュンッ！　と風を切る音と共に殺気を感じ、硝飛はとっさに地面に転がった。先ほどまで自分が寄りかかっていた大木に何かが刺さる音が聞こえた。

命の危険を感じ、硝飛は剣を抜く。

「誰だ！」

誰何の声を遮るように、再び冷たいものが喉の側を通り過ぎていった。これは間違いなく刃だ。何者かが、殺気を隠しもせずに硝飛の命を狙っている。

「流白蓮か!?　それとも、浩然兄!?」

問うても、相手は一言も発しない。目隠しを取るわけにもいかず、硝飛は焦った。

目が見えない状態では、応戦のしようがない。相手の刃は容赦なく何度も襲いかかってくる。どうにかこうにか気配だけを頼りに避けているが、それも限界だ。

硝飛は、蝶輝の柄を強く握りしめた。

こうなったら、相手を気遣っている場合ではない。

「──采雪！」

己に取り憑いている采雪の名を呼び、硝飛は蝶輝で親指に傷をつけた。剣身に硝飛の血が伝う。と、同時に采雪の妖気が蝶輝に宿った。硝飛の宝具『蝶輝』は、近くの幽鬼の魂魄を取り込み、主の思うとおりに動かすことができる。その威力は普通の剣の数倍だ。一太刀浴びせれば傷口が腐り、相手が死に至れば幽鬼へと変化する。だから、窮地に陥らない限り使いたくなかったのだ。

「──この！」

またもや襲ってきた刃を弾き、硝飛は剣を横にないだ。

「──っ！」

たしかに、剣先に人の肉を裂いた感触があった。

「殺すなよ、采雪！」

そう言って、硝飛は剣を振りかぶった。再度相手の服を裂き、肉に食い込む感覚を覚える。硝飛の宝具は確実に相手を追い詰めていた。

この際、相手には手足ぐらいは諦めてもらうしかない。殺して幽鬼にしてしまうよりはマシだ。

「さぁ、どうする？　まだかかってくるのか？　これ以上やるなら、俺も容赦しないぜ」

相手が歯ぎしりをする音が聞こえた。勝てないと悟ったのか、軽い足音と共に刺客は逃げていった。

一気に緊張から解き放たれ、硝飛はふうっと息を吐き天を仰いだ。確実に刺客の気配が消えたのを確認し、つい目隠しを外す。周囲の木々には刃が刺さった跡が無数にあった。ここまで狙いを外すとは、あまり手慣れた刺客ではないようだ。もし、これが白蓮や浩然だったとしたら、無傷ではすまなかっただろう。

周囲には血痕が飛び散っている。采雪は急所を外しつつも相手を傷つけることに成功していた。

「ありがとう、采雪」

そう言うと、采雪が姿を現した。慌てて硝飛は目を閉じる。

「勝手に剣に宿らせちゃってごめんな。誰を見た？」

問うたが、采雪は無言だった。どうしたのかと尋ねると、采雪は溜め息だけをついて硝飛に憑依した。剣を鞘に収め、硝飛は不思議に思う。

なぜ、彼女はなにも言わないのか。茉央婆から聞いた情報に動揺しているのか。それとも、無断で剣に宿らせたことを怒っているのだろうか。そのどちらとも測りかねて、硝飛はもう一度見えない采雪に向かって謝ると、森の中を墓地に向かって歩いた。

やはり、林迅と離れているのは危険だ。どんなことが起ころうとも二人一緒の方が対処がしやすい。それになにより林迅自身のことが心配だった。

煩わしいので紗で隠さず、しっかりと目を開いて走った。森の中なら誰にも会うことはない。目隠しは必要ないだろう。

懸命に林迅のもとへ向かっていた最中、不意に硝飛の中にいた采雪が声を上げた。

『止まって！』

「？」

思わず立ち止まると、采雪はあろうことか憑依している硝飛の身体を操り始めた。

「ちょ、おい！」

采雪は強引に硝飛を藪の中に引き込む。

「どこに行くんだよ。采雪！」

『わからない。けど……この先になにか……！』

ふらふらと硝飛の身体は墓地と違う方向へと進んでいく。やがて森が開け、華郭島の象徴とも言える龍耀帝を祀る廟が姿を現した。

三層になった壇の上に建つ彩色豊かな二階建ての廟だ。森の外から見えていた青龍の屋根飾りも近くで見るとさらに大きくて壮麗だ。

「廟？　ここがどうかしたのか？」

『何かが私を呼んでいる気がする』

采雪は硝飛を操って、廟の中に入ってしまった。廟内には初代龍耀帝の大きな石像があるだけで、別段変わったところはなにもない。祭祀も島の者によって行われているようで、清掃や祭壇への供物などもきちんとなされている。

だが、なぜだろう。どことなく気が淀んでいる。もしかしたら鎮めの義が行われている墓地よりも瘴気が強いかもしれない。

『……祭壇の下で呼んでいる』

采雪は硝飛の身体を使って祭壇の下を指さした。

「この下に何かあるのか？」

硝飛は自らの意志で祭壇まで足を運ぶと、膝をついて床を叩いてみた。すると床板がまるで空洞のように軽い音を立てた。しかも、うっすらと瘴気のようなものまで感じる。

「——？」

鎮めの儀式が全体に及んでいるこの島で、それでも漏れ出す瘴気。これは相当なものだ。不審に思い探ってみると、床板は簡単に外れた。中を覗くと地下へと下りる階段があるではないか。

「この下に入ってみればいいのか？」

問いつつも、もう身体は地下への階段を下りていた。深さはそんなにない。すぐに地面に足がついた硝飛は、目の前に広がった恐ろしい光景に血の気を失った。

無数の人骨が、祭壇の下に放置されていたのだ。

「なんだ、これ……」

しばらく呆然としていた硝飛は、ようやく我に返って祭壇まで戻ると、石像を照らすためのろうそくを一本拝借して火をつけた。

急いで地下に戻り、再び無数の人骨を照らす。

人骨は数えられないほどたくさんあった。見ると年代はさまざまなようだ。死後何十年もたっているような薄茶色のものから、最近白骨化したばかりの真っ白い骨もあった。人骨には一様に華やかな衣装が巻き付いている。どうやら、これは全部女人の骨のようだ。

「どういうことだ、これは！」

こんなにも無数の人骨が、初代龍耀帝の廟の地下にあることが信じられなかった。祭祀を行う廟は最も汚れを嫌う場所だ。そこにあえて人骨を埋める意味はなんだ。

「埋める？」

硝飛は自分の考えに、大きく首を振った。

これは、埋めるというよりも、隠されているように思えた。

その証拠に、実に雑な埋葬のしかただ。まるで、いつでもこの人骨を取り出せるようにあえて浅い場所に放置されているようだ。

硝飛は人骨の山に近づき、よく見えるように照らしてみた。すると、あることに気がついた。比較的新しい人骨のほとんどに外的要因が見られたのだ。頭蓋骨を鈍器のようなもので割られているもの。肋骨（ろっこつ）や腕の骨を鋭利な刃ですっぱりと切られているもの。中には、弓矢が刺さったせいで肋骨や足の骨が砕けているものまであった。しかも側には、弓矢そのものまで転がっている。刺さったまま放置されたとしか思えない。

「これは……」

硝飛はそれが森の中で見つけた弓矢と同じものであることに気がついた。そしてあちこち傷つけられた森の木々を思い出す。

「嘘（うそ）だろ……」

この人骨の惨状を目の当（ま）たりにし、硝飛はある結論に辿（たど）り着いてしまった。それはとうていまともな人間には考えも及ばないようなおぞましいことだ。

「人間狩り……」

呟（つぶや）いた硝飛に驚いて、采雪が身体から飛び出してきた。慌ててろうそくの火を消し彼女の姿を見ないようにすると、采雪は暗がりの中で深刻に問うた。

『人間狩り？』

「……」

あの木々につけられた異様な傷は、獣狩りでつけられたものだと思っていた。だが、森には狩れるような獣は見当たらない。せいぜい鳥や兎（うさぎ）がいる程度だ。だとしたら、この人骨が語っている答えは一つしかないように思えた。

この島で本当にそんなことが行われているのか、確たる証拠はない。だが、鈴藍は言っていた。女官たちがここ数年よく行方不明になっていると。もし、彼女たちが島を抜け出したのではなく、この人骨の山に埋もれているとしたら？

硝飛はゾッとして身震いをした。少なくとも、廟の地下に人骨を埋めた犯人がいるのは事実だ。その人間はとてもじゃないがまともな思考の持ち主ではない。

「采雪、お前はどうしてここにやってきたんだ？」

真面目に問いを投げると、采雪は険しい表情で答えた。

『かつて、ここに私の骨があったはず。だから、魂魄が引きつけられた』と……。

2

汪林迅は公吏の詰め所から円匙（シャベル）を拝借した後、墓地へと赴いた。

断崖の近くにある墓地は見晴らしがよく、硝飛が言ったとおり死者の怨念や邪気のようなものはほとんど感じられなかった。やはり、鎮めがきちんと機能しているようだ。

林迅は墓碑を回り、土の硬さを一つ一つ見て回った。たしかにまったく手つかずの硬い土もあれば、少し柔らかい土もある。墓碑を見るが新しいからというわけでもない。明らかに掘り起こされているのだ。

にした。

月春(げっしゅん)の墓を探す前に、林迅は掘りやすそうな柔らかい土を探して墓を暴いてみること

死者に対する冒瀆(ぼうとく)であると十分理解はしているが、だからといって調査しないわけにはいかない。実は硝飛を置いてきたのは、こういう汚れ仕事をさせたくないからでもあった。ただでさえ彼は瘴気に当てられやすい体質をしているのだ。墓を暴いたことで体調不良に陥らないとも限らない。

円匙を土に入れ、林迅はもくもくと土を掘った。柔らかい土のおかげか、棺(ひつぎ)はすぐに姿を現した。たぶん、この場所は掘り返されて間もないはずだ。念のため護符を己の身体に貼り、丁寧に蓋を開ける。そのとたん、林迅は愕然(がくぜん)とした。

「なんだ、これは……」

あまりのことに呟きが漏れる。

棺の中はなぜか空っぽだったのだ。副葬品どころか埋葬された遺体さえない。ここは主なき墓だった。

「……遺体が消えた？」

副葬品がある程度盗まれていることは想定していたが、まさか遺体までなくなっているのは予想外だった。

いったい、これはどういうことだ。遺体が墓地から出てくるという噂(うわさ)は、本当だったの

か。

いや、それはありえないだろう。そうなると墓荒らしは副葬品ばかりか遺体まで盗み出したということになる。どうしてそんなことをする必要があるのだろうか。

林迅は困惑しながら棺の蓋を閉めようとした。――と、そのとき目の端で何かが光った。蓋を置いて棺の中を調べてみると、それは副葬品の一部である耳飾りだった。墓荒らしが取り損ねたものだろう。それを手にした瞬間、背中がうっすらと寒くなるのを感じた。その耳飾りは翡翠(ひすい)でできており、霊獣麒麟(きりん)が彫刻されていた。この形は最近見たことがある。

高価な玉である翡翠を身につけ、不気味に笑うあの老婆(ろうば)だ。この耳飾りの麒麟は彼女がつけていた首飾りや腕輪とまったく同じ形をしていた。

「……」

林迅は耳飾りを握りしめた。この島を騒がす怪奇や墓地から出てくる遺体。それらを作りだしている墓荒らしの正体がわかった気がした。

林迅はわずかに怒気を顔に表す。いったん、この墓を置いて、今度こそ月春の墓を探す。彼女の名前が彫られた墓碑はすぐに見つかった。先ほどの墓に比べると土は硬かったが、それでも円匙は入りやすかった。もう答えは見えていたが、林迅はもくもくと墓を暴いた。

思ったとおり棺の中には何も入っていなかった。月春の墓はとっくに荒らされた後だったのだ。

もし、この中に鉞が入っていたのだとしたら、とんでもないことだ。

徒労感を覚えながら、林迅は墓を元に戻す。——刹那、急に背後から未熟な殺気を感じた。振り向きざまに円匙で向かってくる短刀を弾くと、林迅を殺そうとした刺客は、よろめいて土の上に転がった。顔を面紗で隠して公吏の制服を着ているが、体つきは妙に華奢で手の色も白く細い。

すぐに刺客が女だと気づいたが、女が諦めずに攻撃をしてくるのでやむを得ず倭刀を抜いた。なるべく傷つけないように倭刀を振るって脅してみたが、女はがむしゃらに短刀で突いてきた。

「やめろ。お前の腕で俺は傷つけられない」

忠告したが女は諦めなかった。らちがあかないので、少し相手の腕を傷つけようとした時、いきなり石廟の裏からもう一人刺客が現れた。だが、その刺客は腕から血を流し、身体がふらついている。先にどこかで怪我を負ってきたようだ。

二人がかりのつたない攻撃を踊るように避けていたが、林迅は業を煮やして倭刀を横に払った。狙い通り、倭刀の切っ先は二人の面紗を同時に切り裂いた。

はらりと地面に落ちる布に、刺客はとっさに顔を隠すが、もう遅い。

林迅は二人の顔を見て瞠目した。

「香寿……鈴藍殿」

林迅の命を奪おうとした刺客は、林迅たちを助け、いろいろと親切にしてくれていたあの仙姉妹だった。

腕に深い傷を負っているのは妹の香寿だ。意外すぎて、林迅は二の句が継げない。彼女たちがどうしてこんなことを。

「酷いことをするのね。林迅兄さん、少しは手加減してよ！」

香寿は吠えて林迅に向かってきた。

「やめろ！」

たまらず、林迅は香寿のみぞおちに拳を入れた。その場に倒れ込む香寿に、鈴藍が駆け寄る。そして、ぎょっとした。傷を負っている香寿の右腕が腐りかけていたのだ。

「香寿！」

鈴藍が悲鳴を上げた。と同時に、森の方から硝飛の声が聞こえてきた。

「りんじーん！」

思わず硝飛の方を振り向いた林迅は、バチッと彼と目が合って硬直した。全力疾走してきた硝飛も事の重大さを認識したのか、まるで壊れた絡繰り人形のようにピタリと動きを止めた。

「やばい……俺、目をかっぴらいてた」

「落ち着け……」

林迅はスッと片手を硝飛の方へ向けた。じりじりと二人は対峙する。

「なんだよ、そんな猛獣をいなすような仕草をするなよ……」

「そんなつもりはない。──が」

長い沈黙の後、林迅は一言一言ゆっくりと尋ねた。

「なにか心や身体に変化はあるか？」

「大丈夫。惚れ薬の効果は切れてるかも……たぶん」

硝飛は一歩一歩こちらに近づいてくる。なにかを確認するように硝飛はブツブツ言いながら、林迅の目の前で止まり、確信を得たように頷いた。

「うん、大丈夫。感情に大差はない」

どうやら惚れ薬の効果は本当に消えていたらしい。二人は安堵してどっと身体の力を抜いた。

「──はっ！　それどころじゃないんだ！」

硝飛は林迅から離れると、身振り手振りでさっき刺客に襲われたと語った。

「その刺客とは彼女のことか？」

倒れている香寿を指さすと、硝飛は驚愕した。

「香寿!?　なんでこんなことに」

「さきほど、この姉妹に俺も襲われた」

「え？」

香寿を抱いた鈴藍は怯（おび）えて震えている。

「こ、香寿に何をしたの……！」

香寿の右腕は腐りかけていた。早く右腕を切り落とさなければ壊死（えし）が進行してしまう状態だ。

「お前がやったのか？」

硝飛に問うと、彼は動揺して目を泳がせた。

「目隠しをしてて、刺客の顔が見えなかったからしかたなく宝具を使った。俺の宝具は幽鬼を取り込むんだ」

「なるほど。幽鬼の瘴気に当てられて傷口が腐っていくんだな……」

「死んだらそのまま幽鬼になるから、なるべく殺さないように配慮したんだけど」

硝飛は途方にくれたように林迅を見る。頑（かたく）なに宝具の力を使わなかった彼の気持ちがわかり、林迅は硝飛の目をまっすぐに見つめ返した。

「——お、お願い。香寿を助けて……！　お願いよ！」

鈴藍の叫びに、混乱している硝飛の肩を林迅が叩いた。

「今なら祓（はら）いと治癒（ちゆ）の混合術を使えば、腕の壊死を免（まぬが）れるかもしれない」

「本当か!?」

硝飛の表情が明るくなった。

「この子はまだ成人したばかりなの！　腕を切り離すなんて耐えられないわ、お願いします！」

姉にすがられ、硝飛は林迅に向かって小さく頷いた。林迅は姉妹の傍らに膝をつく。

「術を施すのはやぶさかではないが、忘れるな。君たちは俺と硝飛の命を狙った。信用していた俺たちを裏切ったんだ。俺たちを狙った理由だけでも先に語るべきだろう」

「わかった！　話すわ、話すから！」

鈴藍は少しも躊躇しなかった。

「香寿は私を島から自由にしてくれようとしただけなの!!」

「君を自由に？」

鈴藍の瞳からハラハラと涙がこぼれた。

「この子から受け取った手紙に書いてあったの。まず、あなたたちに協力して、島で自由にさせる。もし、あなたたちが何か手掛かりを見つけたら、その場で殺すようにと……」

「……何かを見つけるとは鉞のことか？　君たちも鉞を探しているのか？」

「――え、鉞なんて知らないわ。興味もない……」

鈴藍の腕の中で香寿が息も絶え絶えに言った。意識を取り戻したらしい。

「とにかく、あたしは、指示されたとおりに動いただけ。――そうすれば、姉さんを島から、出してくれるって言うから」

「君に指示を出したのは誰なんだ？」

「……バカね。華郭島の女官たちの出入りを、自由にできる人物なんて限られてるわよ」

「まさか、中央が？」

林迅は硝飛と顔を見合わせた。中央とは宮廷のことだ。宮廷内に香寿を操り硝飛たちの命を狙った者がいるということか。

「でも、それっておかしくないか？」

蒼白な顔で硝飛が言う。硝飛たちは元々お尋ね者だ。中央から狙われるのは当然だ。だが、香寿の話が全て本当なら確かにおかしい。

「知ってることはこれで全部よ！　早く香寿を助けて！」

鈴藍に急かされ、林迅は呪符を香寿の傷口に当てて呪文を唱えた。普段、治癒術に呪符は使わないが、今回は瘴気祓いも一緒に行うので呪符が必要だ。

自然から集約した精気を傷口に流し込むと、壊死しかけていた右腕の色が徐々に血色を取り戻してきた。荒かった香寿の息がだんだんと穏やかになっていく。やがて、回復した血の巡りで頬に赤みが差してきた。

「……香寿！」

鈴藍が声をかけると、香寿は完全に塞がった腕の傷口に触れた。

「治ってる……」

不思議そうに何度も腕をさすり、香寿は自力で身体を起こす。そして悔しそうに歯がみをした。

「……姉さん、ごめんなさい。失敗しちゃった」

香寿はチラリと硝飛を見た。硝飛は香寿の腕の壊死が止まり安堵しているが表情は硬いままだ。

「硝飛兄さん……そんな顔をしないでよ。悪いのはあたしなんだから」

「……」

香寿は、けっして硝飛たちが憎かったのではない、苦渋の決断だったと言った。硝飛は納得して香寿のもとに膝をついた。

「姉さんを助けてやれなくていいのか？」

「じゃあ、硝飛兄さんたちが死んでくれるの？」

「それはできない」

「でしょうね」

ふんっと、香寿が鼻を鳴らす。根はいい娘なのはよくわかっている。硝飛は優しく彼女に問いかけた。

「さっきの話だけど、お前に指示を出した中央の人間って誰だかわかるか？」

「知らないわ。硝飛兄さんが仙家に来たその日の夜に、中央から使者がやってきたの。後は知ってのとおりよ。あなたたちの鉱探しに協力をして、目処がついたら殺せと言われただけ」

目を逸らして白状する香寿に、硝飛は「やっぱり、おかしいよな」と林迅に同意を求めた。

「中央がこんなところでお前の命を奪うはずがないということだろう？」

「そう」

硝飛は立ち上がって腰に手を当てた。

「俺、ずっと気になってたんだけど。畔南で流白蓮が俺に矢を放っただろ？　あの時、俺はすっかり油断してたし、白蓮ならあの距離で俺の心臓を外すはずがないんだ。ましてや、弓は宝具だしな。となると、白蓮はわざと致命傷を外して矢を放ったことになる」

「そうだな。矢に毒も塗られていなかったしな」

「それに、浩然兄さんが俺を懸命に説得するのもおかしな話なんだよ。生死問わずと言われているなら、俺を殺して捕らえればいい。だけど、兄さんはもしもの未来の話をしてた。ということは、正式な追っ手である兵部は、俺を生きたまま捕らえろと命令されてると思うんだ」

「お前は皇帝を侮辱した。なにがなんでも公開で処刑しなければ中央の……皇族の沽券に関わるということだろう」

「うん、こんなところで人知れず殺したって皇族の威厳は保たれないからな。だとすると、香寿たちに指示を出した人間は中央の意図とは別に動いてるってことになる」

「……俺たちに鉞を見つけられては困る人間か」

「そして、同時に鉞の在処を知りたい人間だ」

なんともややこしいことになってきた。中央の意志が二つに分かれている。それも、香寿のような庶民に大役を任せなければならないほど、表だって動けない人間だ。

「本物の鉞は見つけたいが、それが公になっては困る人間……。いったい誰だ？」

「少なくとも鉞をすり替えた奴じゃないのは間違いがないよな」

硝飛はしばらく頭を悩ませていたが、やがてゆっくりと墓を見回した。

「ところで、墓を暴いてみたんだろ？　どうだった」

「ああ」

棺の中のことを詳しく話すと、硝飛は目を瞬いた。

「遺体がない？」

「副葬品も遺体もない。埋まっているのは空の棺だけだ。月春の墓も同じだった」

「本当かよ。じゃあ、鉞はすでに盗まれた後かもしれないんだな」

硝飛はこめかみを指で押して、鈴藍を見た。

「遺体が消えている理由になにか心当たりはありますか?」

「それは、六人の女官の幽鬼が連れ去っているからでしょ。彼女たちは道連れを探しているんだから」

鈴藍は至って真面目に答えた。彼女は怪談を本気で信じているようだ。

硝飛はそんなはずないと呟き、林迅に自分が見てきた廟内の人骨のことを話した。

「人間狩り?」

さすがに、林迅もギョッとした。この島でそんな非人道的なことが行われたとは、にわかには信じられない。鈴藍にどういうことか尋ねたが、彼女も顔面蒼白になって激しく首を横に振った。信じたくないほどおぞましいのだろう。行方不明の人間がそんな末路をたどっているとしたら、六人の女官に連れ去られた方がよほどマシだ。

「廟の人骨の中には何十年もたってるような古いものもあった。この墓の遺体も、廟の地下に移されてる可能性がある」

「墓の遺体も?　なぜそんなことをする必要があるんだ」

「わからない。ただ、采雪が言うには自分の遺骨もかつてあの地下にあったらしいんだ」

「地下に遺骨が?　なら、彼女はやはり海に身を投げたわけではないんだな。……だが、かつてとはどういうことだ」

「それは采雪もわからないらしい。自分の身体の一部があった痕跡しか感じられないと言っていた。──なぁ、林迅。俺が思うにあの地下の骨には、とんでもない人間が関わってるかもしれないぜ」

「……」

「龍耀帝が祀られてる廟は皇族にとっては神聖なものだ。そこの地下に穴を掘って人骨を埋めるなんて、よほど権力がある者しかできないだろ」

「……まさか、人間狩りをしているのは中央の者だというのか？」

「たぶんな。この島の女官はみんな皇帝のものだ。一介の公吏や商人が獲物に見立てて女官を殺すなんてできるはずがないだろ。……だが、協力者は間違いなく島内の人間だ。でなきゃ、こんな惨いことをこっそりとできるわけがないからな」

そこまで言われ、林迅はハッと茉央婆の言葉を思い出した。

『まだ子供のくせにあの狐顔のお坊ちゃんは女人に目がないんじゃろうのう。実際、成人の儀が近づくにつれて、島に送られてくる女人の数もだんだん増えてきたからな。成人されたら足繁く島に通われるかもしれんわ。今後は忘れられた後宮の汚名も返上じゃ』

あの時感じた違和感の正体が、今ははっきりとわかった気がした。

「硝飛、この事件は俺たちが思っている以上に深く巨大な闇が潜んでいるかもしれないぞ」

「？」

林迅は先ほど棺の中で拾った麒麟の耳飾りを見せた。

「これは棺の中で見つけた副葬品だ。これと同じ形のものを茉央殿がつけているのを見た」

「――え？　あの妖怪ばばあが!?」

硝飛が口走ったが、特段失礼だとは思わなかった。これは本当に妖怪も真っ青な悪業かもしれないからだ。

香寿は麒麟の耳飾りを凝視して、呆れたように顔を手で覆った。

「あの強欲ばばあ……副葬品を身につけるなんて、すぐ足がつくことをして。バカじゃないの？」

「どういうことだよ、香寿！」

ついという感じで口走った香寿を硝飛が問い詰める。

「何か知ってるのか？　知ってるなら話してくれ！」

香寿は目だけを指の隙間から覗かせた。

「さすがにあたしも人間狩りなんておぞましいものは知らないわよ。……ただ、もし墓地の遺骨を盗んでるのが茉央婆だとしたら……」

「だとしたら？」

「父さんが……あたしたちの父さんが、茉央婆から女官たちの骨を買っているのを見たことがあるわ……」

「骨を買う？　なんで」

　硝飛も林迅もギョッとした。副葬品ならともかく、骨と化した遺体を買ってなんになるというのだ。

「その……、女人の骨が硝子の宝具の材料に使われてるの」

「――っ」

　まさかと顔を歪めた硝飛に、香寿は言いにくそうに告げ俯いた。

「処女のまま亡くなった女人の骨は、硝子で造った宝具の力をさらに強くしてくれるの。だから、父さんは宝具を造る時はいつも女人の骨を材料にしてるわ」

「――っ！」

　それは、あらゆる予想を遥かに通り越した衝撃的な答えだった。硝飛は膝を折り鈴藍の顔を真正面から見つめた。

「鈴藍さん、一つ聞きたいことがある。あなたの友人は風邪を患った時に幽鬼を見て行方不明になったと言っていたが、もしかして茉央婆から投薬を受けてなかったか？」

「え、ええ。薬がよく効いたと言って喜んでいたわ」

「やっぱり……」

　素直に肯定した鈴藍の言葉に、硝飛は激しい怒りを抑えるようにゆっくりと目を閉じた。

3

　とりあえずこれ以上不穏な動きをとられないように仙姉妹を縄で縛り、いったん石廟の中に閉じ込めた硝飛と林迅は、茉央婆がいる厨房に足早に向かった。

「本当に人骨を硝子の宝具に使っていると思うか？」

　林迅に問われ、硝飛は無言で頷いた。

　仙家の硝子工房に薄い瘴気が漂っていたのも、香寿に取り憑こうとしていた幽鬼がいたのも全てが必然だったのだ。人骨を材料にしているなら幽鬼が出てもおかしくない。仙環玄が道士の修行をしていなければこの仕事はできないと言っていた意味が、ようやくわかった。

（もしかして、あの白い粉が骨をすりつぶしたものだったのか？）

　気さくな環玄が、あの粉に触れようとした時だけ怒ったのは、骨だと知られたくなかったからだろう。

　硝子の宝具師全てが人骨を使っているわけではないと硝飛は思う。実際、硝飛も宝具師として人骨を使用する術など聞いたことがない。きっと、環玄を含めた少数の宝具師だけに伝わる邪道だ。

もちろん、広い世において人骨の売り買いが行われていることは硝飛も承知している。人骨は古くから漢方に使われたり、呪術などに使用されたりするからだ。だが、それは囚人や行き倒れて野ざらしになった者の遺体を回収する葬儀屋から入手するのが常だ。中には貧困層の身内が自ら骨を金に換えることもあるだろう。しかし、廟内にあった遺骨は、ほとんどが丁寧に埋葬されたものを勝手に掘り起こしたものだ。これは死者の安らかな冥府入りを願った人々の思いを冒瀆し、死者の尊厳をも踏みにじる行為だ。許されることではない。

処女のまま死んだ者の骨。この縛りが環玄に善悪の判断を鈍らせているのか。だとしたら、同じ宝具師としてこれほど悲しいことはない。

気が急いて了解も得ずに厨房から居室に入ると、茉央婆は薬湯作りの真っ最中だった。

突然、乗り込んできた二人に、茉央婆は声を上げかけたが、林迅がすかさず倭刀を抜き、老婆の喉元に刃を当てる。

「な、な、な、なんじゃ！　いきなり何をするんじゃ！」

これには硝飛も驚いた。顔には出ていないが、林迅はかなり義憤にかられているようだ。

「あー、婆さん。大人しくしてたら危害は加えない。正直に俺たちの質問に答えてくれればいいんだ」

脅しは林迅に任せて、硝飛は宥める役に回ることにした。

「あんた、この耳飾りに覚えはあるだろ？」

林迅から耳飾りを受け取った硝飛は、茉央婆に手のひらを差し出した。

「……」

茉央婆は硝飛の手中にある耳飾りを凝視し、ピクリと頬を引きつらせる。

「覚えがないとは言わせない。今、あなたの首と腕にある装飾品は、この耳飾りと一式になっているものだ」

林迅の倭刀がチキッと音を出す。直にヒヤリとした感触を感じたのか、茉央婆が喉を鳴らした。

「そ、それがどうした」

「これは女官の墓の中にあった副葬品だ。長年、この島の墓地で墓を荒らしていたのはあなただな」

「……」

林迅の厳しい問いに、茉央婆は肯定も否定もしなかった。茉央婆の首筋に赤い線が走り、わずかに血が滲む。まさか林迅が彼女を傷つけるとは思っていなかったので、硝飛は慌てて二人の間に割って入った。

「婆さん、ごまかしはきかないぜ？　あんたは墓を荒らして骨を硝子専門の宝具師に売ってたんだろ」

茉央婆はフンッと鼻を鳴らした。

「何が悪い。墓地なんぞただの骨畑じゃ。収穫して宝具師に売ればそれなりの金になる。それだけのことじゃ」

「——っ、あんたには人の心ってもんがないのかよ！　埋葬された墓を暴いてまですることか！　どうせ、この島の怪異もあんたの仕業なんだろう！　おおかた、薬湯に幻覚作用のある薬を混ぜて女官たちにありもしない幽鬼の姿を見せてたんだろうが！」

「ふん。全てお見通しというわけか。そうじゃよ？　六人の女官の幽鬼の噂を流したのもわしじゃ。女官たちに定期的に幻覚作用のある薬湯を飲ませ、時々物音をさせたりして女官たちを驚かせば、後は勝手にその者の脳が恐ろしい幻覚を見せてくれる。こうしておけば、噂は消えぬからのう。おかげで墓を荒らすのは楽じゃったわ。皆、幽鬼の仕業だと信じてわしの関与を疑いもせんかった」

まったく悪びれない老婆に、二人は嫌悪を抱いた。彼女は金のためなら倫理観などとうに捨てているのだ。とんでもない鬼畜だ。これも閉鎖的な島の弊害なのか。

林迅はヒュンッと音が鳴るほどの勢いで倭刀を振りかぶった。

「——っ」

老婆の目の前でピタリと止まった刃先が鈍い光を放つ。

さすがの茉央婆も林迅の本気の殺気を感じとったのか、大量に冷や汗をかいている。

「あなたは鉞など知らぬと言った。それは嘘なのか？」

「え、鉞？　そんなものは知らぬと言ったじゃろうが！　わしは嘘などついておらん！　しつこいぞ！」

「月春殿の墓の中に、鉞があったのではないのか」

「……」

　けっして追及を緩めない林迅に、茉央婆は不自然に黙り込んだ。

「婆さんが月春の墓を暴いてることもわかってるんだよ。鉞が入ってたんだよな？　これ以上俺たちは騙せないぜ」

「いや」

　硝飛が詰問すると、茉央婆は観念したのかようやく口を開いた。

「月春の墓をわしが暴いたのは事実じゃ。あの墓が普通じゃなかったのも認める。だが、鉞のことは本当に知らん！」

　茉央婆の瞳は真剣だった。嘘を言っているようには見えない。本当に鉞に関しては知らないようだ。

「墓が普通じゃなかったってなんだよ」

「……一つの棺に遺体が二つ入っておったんじゃ」

「遺体が二つ？」

硝飛は仰天した。

「二つって、骨が二人分あったってことか？」

「そうじゃ」

茉央婆は神妙に頷く。やはりその目からは虚偽は認められなかった。硝飛は頭を回転させながら林迅に尋ねる。

「――林迅、月春の墓碑には他の人物の名前は彫ってあったか？」

「いや。月春一人分だ」

「じゃあ、そのもう一人ってのは……」

林迅の注意が硝飛に向いたのを見計らい、茉央婆はそっと刃から離れる。

「――もう一つの遺体は采雪じゃよ」

「え!?」

茉央婆の言葉に、硝飛は目を見開いた。

じりじりと後ずさっていく茉央婆を、硝飛は大きな歩幅で追い詰める。

「なんで采雪だってわかるんだよ。彼女は行方不明のままだって、あんた言ってただろ」

「たしかに、十数年あの娘は行方知れずじゃった。じゃが今から一年ほど前に墓を暴いた時にわかったんじゃよ。采雪は月春の棺の中で命を絶ったんじゃと！」

「だからなんでそんなことが……」

「義眼じゃ！」

自棄になったように茉央婆は怒鳴った。

「月春の遺体に覆い被さるようにして、もう一つの骨は入っておった。胸には短刀が突き刺さり、副葬品に紛れて、硝子の義眼が棺の中に転がっておったんじゃ！　あれが采雪じゃないなら誰だと言うんじゃ！」

「……」

硝飛は絶句した。代わって林迅が尋ねる。

「その遺骨はどうした？」

「そ、それは……」

「あなたはいったん龍耀帝を祀る廟の下に隠した。そして、すでに宝具師に売り渡した。そうだな？」

だから、廟の地下には采雪の遺骨があった痕跡しか残っていなかったのだ。

林迅の言葉に、茉央婆は顔面を蒼白にして震えた。

「お主ら、あの地下のことをどうやって知った」

「そんなことはどうでもいい。要は、あの地下に眠る人骨はあなたの商売品というわけだ。だが、廟の地下を気安く掘ったりすることはあなたにはできない。もっと、大きな力が働いてるはずだ」

「……」

「茉央殿、この島で人間狩りが行われていることをあなたは知っているな？」

「――っ！」

茉央婆はこれでもかと大きく目を見開いた。全身をガタガタと震わせ、額には大粒の汗をかいている。

「先ほども言ったが、隠し立てはできないと思え。茉央殿、あなたは最初に我々がここに来た時、こう口走っていた。昂明帝のことを狐顔のお坊ちゃんと。なぜ、昂明帝の顔をあなたは知っている？」

「！」

茉央婆ばかりか硝飛の顔色まで蒼くなった。だが、林迅は構わず続ける。

「あなたは昂明帝の顔を見たことがあるのではないか？　だとしたらどうやって？　あなたは五十年間ずっと島から出たことがない。反対に昂明帝は一度も島に渡ったことがない。そんな二人がどうやって顔を合わせたことがあるというのだ」

「林迅、まさかそれって」

硝飛は冷たい指先で林迅の肩を摑んだ。

「昂明帝は一度も島を訪れてはいない。だが、それは公式での話。お忍びなら、何度もこへ足を運んだことがあるのではないか？」

「……」

茉央婆はぐうっと言葉に詰まった。

「全ては昂明帝の命令だな？　でなければ、廟内に地下を掘ることなどできるはずがない」

「林迅、お前は島で人間狩りを行っていたのは昂明帝だって言いたいのか？」

「あの方は、心の内に深い闇を抱えておられる。人道にもとる行為も宮中で度々行ってきた。あの方の側近なら、誰もが知っていることだ」

「そうなのか？」

「――き、貴様ら。不敬であろう？　もし、その話が本当だとしてもそなたたちにはとやかく言う資格はないわ。元々この島は皇帝のもの。島の女官たちも皇帝の所有物なんじゃからのう。孕ませようが殺そうが皇帝の自由じゃ！　わしは、ちょっと女官どもに幻覚作用のある薬を飲ませて森におびき寄せただけよ。それに便乗して遺体を捨てる廟を墓の骨の保管場所にさせてもらって何が悪い！」

「幻覚を見せられた女官たちは、恐ろしいものから逃げるため森を彷徨い、人間狩りの餌食になっていたというわけか。――ゲスが！」

林迅が吐き捨てる。硝飛も血が滲むほど拳を握り込み、茉央婆を睨みつけた。

「……今までよく呪われずに生きてこられたもんだぜ。殺された女官を廟の地下に隠せば誰にも気がつかれない。そのまま放置しておけば、あんたの言う金になる人骨のできあがりだ」

「ふん！　一石二鳥じゃろうが」

「――なら、婆さん。采雪の義眼は？」

「あ？」

「采雪の義眼はどこにあるんだって聞いてるんだよ！　あんたは遺骨を廟に移す時に棺の中で見たんだろ義眼を！　ざっと見ただけだけど廟の地下にはなかったぜ？」

「それは……」

茉央婆は不自然に天井に目をやった。それを見逃さなかった硝飛は、円卓の上に飛び乗って、剣で天井を突いた。明らかにジャラッと何かが崩れる音が聞こえた。

「や、やめろ！」

動揺する茉央婆を無視して、硝飛は何度か天井を強く突いた。すると、大きな音を立てて天井の板が破れた。たくさんの装飾品が派手に天井から降ってくる。床に散らばったそれらは、間違いなく全て墓から盗んだ副葬品だろう。

「あんた、本当に強欲だな！　絶対にいい死に方はしないぞ！」

「ええい、触るな！　わしのもんじゃ！」

茉央婆に怒りをぶつけながら、硝飛は円卓から下りて装飾品に触れた。

「あんたのもんじゃないだろ！」

「わ、わかった、わかった！　義眼はそこじゃ！　その箱の中に収めてある！　だから他に触るな！」

茉央婆は装飾品と一緒に落ちてきた小さな木箱を指さした。拾って開けてみると、いくつかの玉に交じって、それは見事な義眼が出てきた。

硝子でできた義眼は、本物と遜色のない立派なものだった。

おもむろに義眼を手にした硝飛は、ろうそくの火に翳してみた。ゆらゆらと揺れる炎を義眼越しに覗いていると、硝飛は信じられないことに気がついた。

これは、ただの義眼ではない。

「林迅！」

硝飛は興奮して、林迅を振り返った。

「どうした？」

「この義眼、宝具だ！」

「──宝具？」

「ああ！」

考えてみれば、汪界円が贈ったとされる義眼だ。宝具であってもなんらおかしくはない。

「だが、義眼の宝具などあまり聞いたことがない。どんな力を宿しているんだ」

林迅が疑問を口にすると、硝飛は采雪を呼び出した。不安そうに出てきた采雪に、硝飛は義眼を突きつける。

「采雪！　覚えてるか？　これあんたの宝具だよ！」

それを見て、采雪の顔が険しくなった。

「どうした？」

ガタガタと震えだした采雪を硝飛は訝る。彼女は義眼になにか恐怖のようなものを感じているようだ。

「何か思い出したのか？」

『わからない、けど……それはだめな気がする』

采雪が義眼を奪おうとするので、硝飛はさせまいと跳びすさった。采雪は動転して手で頭を抱える。

『だめ！　それはだめよ！』

「だめって、何が！」

采雪は激しく頭を振った。

『それには私の記憶が……』

「記憶？」

硝飛は喫驚して義眼に目を凝らした。

「まさか、記憶保管装置なのか……？」

「どういうことだ」

　林迅も硝飛の背中越しに義眼をじっと見る。

「きっと、この義眼は主の記憶を吸収して保管する宝具なんだ」

「そんな宝具が存在するのか？」

「もちろん、簡単にはできない。だが、腕のいい宝具師と覡の力があれば……」

「義父上なら可能ということか」

「ああ。采雪の記憶がほとんどないのもこれで合点がいったよ。死んで魂魄が身体から離れる時、この宝具が全ての記憶を吸い取ったんだ」

「……義父上はどうしてそんな宝具を采雪に」

「それは俺が聞きたいよ。林迅、お前の養父はいろいろと油断がならない人物みたいだな」

「……」

　林迅の瞳に憂いが宿ったが、硝飛は気づかないふりをして義眼を隅々まで調べた。

「この宝具の鍵を開けて、采雪の記憶を解放すれば鉞の行方がわかるかもしれない」

「どうやって鍵を開ける？」

「一度、采雪の魂魄をこの中に戻す」

「……魂魄を戻す？」

「ああ。今はもう采雪は死んでいるからな。宝具には魂魄の欠片しか残ってない。保管された記憶を全て解放するにはいったん、魂入れをやり直さなきゃならない」

　硝飛は得意げに両腕を組んだ。だが、林迅は冷めている。

「魂入れは誰がやるんだ」

「お前だろ。俺は魂入れができない」

「俺は覡ではない。まだ修行中の身だ。魂入れをする資格はない」

　ど真面目に真っ当なことを言われたので、硝飛は呆れた。

「いや、それはそうだけど。今ここで魂入れができるのはお前しかいないんだから。資格がどうのとか言ってる場合じゃないだろ。当然、魂入れのやり方も習ってるんだろ」

「失敗しても知らないぞ」

「らしくないこと言うなよ。大丈夫、元宮廷宝具師の俺が太鼓判を押してやる。お前の霊力なら魂入れぐらい簡単にできる！」

「……」

　褒めて伸ばすを実践する硝飛に、林迅はしかたなさそうに溜め息をついた。

「大事な証拠を破壊するかもしれないぞ」

「間違ってもそんなことにはならないよ」

　根拠のない硝飛の自信に背中を押され、林迅が玉のような義眼を両手で包んだその時だった。厨房内がやけに騒がしいことに気がついた。

「なんだ？」

茉央婆がニヤリと笑んだ。嫌な予感がし、硝飛は居室の扉に近づく。

「ちょっと見てくる……」

硝飛が様子を窺(うかが)いに居室を出て行こうとした刹那、突如(とつじょ)扉が外から蹴破られた。

「見つけたぞ、李(り)硝飛！　汪林迅！」

狭い部屋になだれ込んできたのは、流白蓮率いる兵部の追っ手と島の公吏たちだった。

硝飛は慌てて剣を抜く。

「なんであんたたちがここに！」

単純な疑問に、背後から不気味な高笑いが聞こえた。

「わしが公吏に通報しておったんじゃよ。島にあやしい者が訪れたら即知らせるようにと中央からお達しがあったからのう」

「――っ」

中央の手は当然島にも及んでいる。考えてみれば当たり前のことだ。硝飛たちは国のお尋ね者だ。龍貴国(りゅうきこく)にいる限りどこにも安住の地はない。

二人は追っ手と対峙した。

「追い詰めたぞ、硝飛！　おとなしく投降しろ！」

「いやだね！　いまあんたたちの相手をしてる暇はないんだ！」

浩然の槍を払い、硝飛は居室の窓を叩き割った。

「林迅！」

名を呼ぶと、林迅は白蓮と斬り合っている最中だった。弓矢はこの狭い空間では邪魔だと判断したのか、白蓮は剣を握っている。

白蓮の剣を叩き落とした直後、浩然の槍が林迅の脇腹に突き刺さった。

「――っ！」

「林迅！」

硝飛が絶叫して林迅のもとに駆け寄ると、すかさず采雪が言った。

『私を使って！』

その声に驚いたが、硝飛はとっさに剣で己の指を傷つける。

「采雪！」

無我夢中で采雪を宝具に宿し、硝飛は林迅に刺さったままの浩然の槍を叩き切った。

「死んで幽鬼になりたくなかったら、俺に近づくな！」

硝飛は宝具の力を隠すことなく、切っ先を浩然たちに向ける。ぎょっとする浩然を睨み据え、硝飛は林迅に肩を貸した。

「歩けるか？」

「ああ」

脅しにも屈せず剣を振りかざしてくる武官の腕を刺し、硝飛は林迅を連れて窓から飛びだした。追ってくる武官たちを斬りつけながら硝飛は森の中に逃げ込む。壊死が始まった傷口に悲鳴を上げる者の声が聞こえたが、もはや気にしてはいられない。追っ手がどうなろうとも、今は林迅を連れて逃げることしか頭になかった。

「大丈夫か、林迅！」

「俺のことは気にするな」

林迅の脇腹から血が止まらず、硝飛は焦った。いま槍を抜けば、さらに血が噴き出してしまうだろう。

「お前、自分で自分に治癒の術は使えるか？」

「あ、ああ」

茂みの中に身を潜め、硝飛は林迅を横たえた。

「できるなら、槍を抜くぞ」

林迅は青白い顔で頷いた。硝飛は半分になった槍の柄に手をかけ、瞳をぎゅっと閉じる。なるべく痛みを最小限にしたくて一気に引き抜くと、林迅が声にならない呻(うめ)き声を上げた。

「林迅！」

急いで目を開けると、林迅の脇腹から血が溢れ出していた。急に不安になり硝飛がおろおろしている間に、林迅は自ら傷口に手を翳した。

苦しそうな息を吐きながら、自然の精気を傷口に注いでいく。少しずつ彼の顔色がよくなってきたので、硝飛はホッとした。

「足手まといになった……すまない」

珍しく林迅が殊勝なことを言うので、硝飛は不覚にも泣きそうになった。

彼は身体的傷以上に、心に傷を負っているのではないかと思ったのだ。

(宝具を使えないってことは、未熟者の証だもんな……ずっと歯がゆい思いをしてたのかもしれない)

林迅の体調が落ち着いてくるにつれ、硝飛はようやく冷静に物事が考えられるようになってきた。傷口の周りにこびりついた血を拭ってやれないかと己の懐を探るが、残念ながら適当な布はなかった。こうなったら袖を裂いて拭くしかないかと、本気で考えていた時、硝飛の目が側に転がる倭刀に止まった。

(林迅の宝具……)

これまで、あえて目を逸らしてきたが、こうなったら気を遣っている場合ではないのかもしれない。

ここまでいろいろ情報を入手してきて、汪界円に対する疑惑は頂点に達している。もしかしたら林迅の宝具にもなにか細工がされているのかもしれない。でなければ林迅ほどの人間が宝具の力を発揮できないはずがないのだ。

硝飛はそっと倭刀に手を伸ばした。柄を握り、抜き身に触れる。何度も刀身をなぞり、瞳を閉じて気を集中した硝飛はすぐに妙なことに気がついた。

「これは……」

倭刀から信じられない気を感じとり、硝飛は愕然とした。だめ押しとばかりに己の指を切りつけてみる。細胞の一つ一つで感じる粒子の感触に、硝飛はひどい目眩(めまい)を覚えた。

「嘘だろ……」

まさかの事態に言葉を失う。

すると、林迅がゆっくりと手を上げた。倭刀を返せと言っているのだろう。

硝飛はどうしようかと迷ったが、あたりさわりなく林迅に尋ねた。

「林迅、この倭刀は誰からもらったんだ？　汪尚書(しょうしょ)か？」

「なぜ、そんなことを聞く？」

「いいから教えてくれ」

「……」

林迅は言い淀んでいたが、硝飛があまりにも真剣に尋ねるので、ようやく口を開いた。

「幼い頃、ある道士からもらった」

「道士？」

それは予想から外れた答えだった。てっきり汪界円から授かったのだと思っていたが、成人する前に道士からもらったとは……。宝具というものの性質上ありえないことだ。宝具は成人の証。親族から授けられるのが当然だからだ。

「その道士って誰だよ」

「わからない。名も知らない道士だ。……硝飛、お前を川の幽鬼から救ってくれた道士を覚えているか？」

「あ、ああ。もしかして彼からもらったのか」

林迅は目を瞬いて肯(ぜ)を示した。

「あれは李家を出て行く前のことだった。あの道士がなぜか俺に会いに来て、その倭刀を俺に渡した。理由もなにも話さなかったが、ただ、けっしてそれを手放すなとだけ言って彼は去っていった。俺は預かっているだけのつもりだったが、成人した際に義父上が己の宝具にしろと……」

「……」

硝飛は黙って聞いていたが、絶望と同時に確信を得てしまい、頭痛を覚えた。こめかみを押さえて唸(うな)る硝飛に、林迅が心配そうに目を向ける。

「どうした？」

硝飛の目から一筋涙がこぼれ落ちた。それを見た林迅が慌てて身体を起こす。

「なぜ泣く」

林迅の優しい声音（こわね）にさらに涙が溢れた。

「泣くな硝飛。お前が泣くのは昔から好きじゃない」

「なんだよ、それ。……もう、なにがなんだか……」

震える声でそう呟き、硝飛は丁寧に倭刀を林迅に返した。

「林迅、残念だけどこの倭刀にお前の魂魄は入れられていない」

「なに？」

「それは、宝具なんかじゃない。ただの倭刀だ」

「どういうことだ」

「……いや、ただのって言うのは語弊（ごへい）があるな」

林迅の顔色が変わる。硝飛は真摯（しんし）な眼差（まなざ）しで林迅の手を握った。

「林迅、お願いがある。一回お前が信じている者を全て捨てて、俺だけを信じてくれ。俺の言うことだけに耳を傾けてくれ」

「……お前のことは一度も疑ったことがない」

まっすぐな言葉で返され、硝飛は妙に照れくさくなった。

「あー。ありがとう。時々お前って本当に直球だよな……。けど、俺は今から突拍子もないことを言うぞ。――林迅、すぐに自分でこの倭刀に魂入れをするんだ」

「――?」

言っている意味がわからないと、林迅は困惑を隠さなかった。と、にわかに複数の足音が聞こえてきた。警戒しながら、硝飛は己の剣を握る。

「林迅、大事なことだ！　俺の言うとおりにしろ！」

「……」

林迅は躊躇していたが、硝飛が懸命に「俺を信じてくれてるんだろ！」と訴えると、彼は一度だけ深く首を縦に振った。

林迅は倭刀を掲げる。瞳を閉じ、全神経を集中して片手の人差し指と中指で宙に印を刻む。魂入れの呪文をろうろうと唱えると、倭刀はまばゆい光と共に林迅の眼前に浮いた。

（やっぱり……）

倭刀は林迅を受け入れている。本当の意味で主を得た倭刀は喜んでいるようにも見えた。

林迅は両手をパンッと打ち鳴らした。

「我が名は汪林迅！　貴殿と共鳴する者なり！　我が魂魄を御身に受け入れたまえ！」

林迅が倭刀に己の魂魄を注ぎ込むと倭刀は驚くほどすんなりと林迅を主と認め、さらに輝きを増した。

「やった！」

魂入れが完璧に終わり、硝飛が喜びの声を上げた刹那、追っ手の群れが木々の間から一斉に姿を現した。

「林迅！」

硝飛に背中を押されるようにして、林迅は宙に浮いたままの倭刀を握りしめた。

「かかれー！」

武官の一人が金切り声を上げた直後、林迅は華麗に宙を舞い倭刀で空間を切り裂いた。

鋭い刃は旋風(せんぷう)を巻き起こし、巨大な竜巻となって武官たちをみな吹き飛ばした。まるで刃に切り刻まれたかのように追っ手たちは身体中に切り傷を負っている。同時に周囲の木もズシンッと重い音を立てて倒れた。太い幹が一刀のもとに斬られている。

「――っ！」

一瞬で全ての追っ手を片付けてしまい、林迅は自分で自分の力に驚異を感じていた。

「なんだ、これは……」

啞然(あぜん)としている林迅の手に、倭刀がしっくりと収まる。

「汪林迅！」

遅れてやってきた流白蓮と帆(はん)浩然は、あちこちで倒れている部下たちに戦慄(せんりつ)し、獣のように吠えた。

「硝飛、これはなんだ！」

「あー、浩然兄。これはさすがに俺も驚いた。こいつ初めて宝具の力を放出したから制御がきかなかったみたいだ」

新たな敵に構えた林迅の腕を摑み、硝飛は緩く首を横に振った。

「林迅、もういい」

「……?」

硝飛は白蓮たちに身体を向けると、剣を鞘に収めた。そして静かに白蓮たちを見据えた。

「降参だ流白蓮、浩然兄。俺は投降する」

「──っ硝飛?」

硝飛の投降宣言は、白蓮たちばかりか林迅をも驚かせた。

硝飛は意味深に林迅を見つめ、信じろと強く頷いた。澄んだ瞳の中に硝飛の思惑を感じとり、林迅も解放したばかりの倭刀の力を抑えて鞘に収めた。

こうして、硝飛と林迅の国を相手にした逃亡劇は、あっけなく幕を閉じたのだった。

第七章　暴かれる真実

1

龍貴国の城都を護送車が走る。

両手に枷をはめられ、硝飛は護送車の窓から遠くの景色を眺めた。威風堂々とした宮廷の大門が目に入り嘆息が漏れる。

ついこの前は、豪華な軒車で宮廷宝具師として華々しく通り抜けた道を、今は質素な護送車で罪人として運ばれる。なんとも数奇な運命だ。

硝飛の前には、帆浩然が座っていた。罪人の見張りという名目らしいが、浩然はずっと苦渋に満ちた顔をしていた。いくら任務とはいえ、硝飛を死地に追いやるのは気が引けるのだろう。

硝飛の護送車の後ろには、汪林迅と流白蓮が乗る護送車が走っている。きっと、白蓮はここぞとばかりに林迅に罵倒を浴びせているに違いない。あそこまで醜い嫉妬を隠さない人間も珍しいものだ。

「なぁ、浩然兄」

もうすぐ宮廷に着くという頃、硝飛はおもむろに浩然に話しかけた。

「なんだ」

浩然はなるべく硝飛を見ないようにしている。情に流されないように注意しているのだろう。それでも硝飛は兄貴分の心を信じ、叱られた子供のように落ち込んだ声を出した。

「浩然兄さん。あんたは畔南で、万が一でも俺に未来があるかもしれないって言ってくれたよな」

「……っそれは」

「ああ、わかってるよ。あれは俺を投降させるための口から出任せだったんだって。……勅命での処刑が覆されることはほとんどない。このまま行くと間違いなく俺は近日中に首を落とされるだろう。それとも胴体切りかな？　きっと真っ二つだ」

「やめろ！　俺は出任せを言ったつもりはない。懸命に申し開きをすればあるいは……」

「無駄だよ」

硝飛は他人事のように言い切った。今は甘い考えなど無用なのだ。浩然の同情を得ることが最大の目的なのだから。

「だからさ、浩然兄。昔馴染みのよしみで一つだけ最後の頼みを聞いてくれないか……？」

「頼み？」

ここで初めて浩然が硝飛を見た。硝飛はここぞとばかりに美しいと絶賛される瞳に純粋な光を宿した。

「俺が処刑されるまで浩然兄は……――」

硝飛が頼み事を口にすると、浩然は意外そうに目を瞬いた。

「そんなことでいいのか？」

「ああ。最後の時くらい親しい者と過ごしたいだろ？」

「それぐらい構わないが……。むしろ、仕事のうちでもあるしな」

硝飛の願いは浩然にとっていたくたやすいことだった。まず、断られることはないだろうと思っていたので、硝飛はほくそ笑んだ。

これから一世一代の賭が始まる。失敗は絶対に許されない。もししくじれば、自分と林迅の命ばかりか、この国の未来さえ危うくなるだろう。だが、硝飛にはそうするしか道は残されていないのだ。

護送車は任務を完璧に遂行した武官たちの誇りを乗せて、宮廷の大門を潜る。硝飛と林迅は乱暴に護送車から降ろされ、正殿前の前庭に引っ立てられた。

石砂利の上に無理やり膝をつかされ、硝飛は武官たちを睨んだ。自分はともかく、林迅に膝をつかせるなんて絶対に許せない。後で必ず仕返しをしてやるつもりで、硝飛は武官の顔を一人一人しっかりと覚えた。

憤る硝飛とは正反対に、林迅は涼しい顔をしている。勝手に投降した硝飛のせいでこんな目にあっているというのに、恨み言をまったく言わない。きっと彼は首を落とされる直前でも眉一つ動かさないのだろう。

「無事であったか、林迅……」

「――義父上」

少しやつれた汪界円が武官たちに引き立てられて前庭にやってきた。心配していたが、まだ命はあったらしい。

「義父上、勝手をいたしました。お許しください」

「よい、もうよいのだ。林迅」

界円は林迅に近づけず、歯がゆい思いをしているようだった。それから四半刻ほどたって、重鎮たちと共に昂明皇帝、明蘭皇太后、そして旬苑殿下が姿を現した。

たった二人だけの罪人に、なんとも仰々しい顔ぶれだ。旬苑は心配そうに林迅を見ている。少なくとも彼は林迅を罪人だとは思っていないようだ。

「今の気分はどうだ、李硝飛」

旬苑の横で、昂明皇帝がパチンと扇子を閉じた。

「言いたいことがあれば申してみろ、遠慮はいらぬぞ」

下等な者を見下すような昂明の瞳を、硝飛は射貫くようにじっと見つめた。本番はここからだ。

硝飛はすぅっと大きく息を吸い込み、ゆっくりと口を開いた。

「諸々、悔しくないと言えば嘘になります」

「ほう、悔しいとな。この期に及んで気が強いことよ。愚か者め。皇族の誇りを侮辱して、生きていられると思うたか。首を落とすなどと楽な死なせ方はせぬぞ。お前は大釜で煮立てた湯の中で最後までもがき苦しんで死ぬのだ」

昂明の瞳が暗い光を湛えた。口角が不気味に歪むのを見て、硝飛は不快感を覚える。この皇帝、まだ少年であるにもかかわらず老獪な空気を纏っている。成人の儀の前には感じられなかった残忍さを垣間見て、硝飛は寒気に襲われた。きっと、本性を巧妙に隠していたのだろう。

「そなたの処刑は明後日に行う。皇帝の宝具を侮辱した罪を冥府で龍耀帝に詫びるがよい」

「……できるならそういたしましょう。しかし、陛下はいささか思い違いをなさっているようです」

硝飛は恭しく頭を下げた後、不遜にも許可なく立ち上がった。

「貴様！」

白蓮が硝飛の肩を慌(あわ)てて押さえる。だが、硝飛はけっして跪(ひざまず)かなかった。

「かまわぬ。死期を前にあがく者は嫌いではない」

昂明がニタリと笑って白蓮を下がらせた。

「余が何を思い違いしておるというのだ」

「――私はとうに死については受け入れております。悔しいと申し上げたのは、せっかく本物の鉞(えつ)……皇帝の宝具を見つけたというのに、己の正当性を証明できぬまま死を迎え、李硝飛という宝具師の矜持(きょうじ)を世に示せぬまま土に還(かえ)ることです」

「なに？」

その場にいた者全員が目を見開いた。もちろん、林迅もだ。

「本物の宝具を見つけただと？　命惜しさに虚言を申すな！」

昂明が硝飛の額(ひたい)に扇子を投げつけた。硝飛は微(かす)かに傷を負ったが怯(ひる)まなかった。

「虚言だと仰(おっしゃ)るならば、そう思われればいい。私は明後日にはこの世から去る身です。なんと罵(ののし)られようとも構いません。――ああ、そうだ。どうせなら死ぬ間際、処刑場にて大々的に真実を語り、派手に世間を騒がせてみせましょうか！　ついでにあなたの秘密を暴いてもいい。華郭島(かかくとう)で行っていたあなたの悪行をね！」

「なんだと？」

顔を強張(こわば)らせる昂明とは反対に、硝飛の表情は傲慢(ごうまん)で自信に満ちている。

「そなた、なにを知っておる」

「それは、あなたの胸に聞いてみるがいい。でも、あなたは元々良心の呵責なんていう人間的な感情は持ち合わせていないのかも知れませんがね」

　罪人のあまりの態度に重鎮の一人が吠えた。

「なんと傲岸不遜な！　最後の最後まで陛下を侮辱するつもりか！」

「侮辱ではなく真実です」

　硝飛の態度はあくまで図太く無礼なままだ。はたから見ると死を前にして自暴自棄になっているようにしか見えない。林迅はチラリと硝飛に目線を向けたが、口を挟んではこなかった。硝飛のやりたいようにさせてくれているようだ。

　硝飛は両足を踏ん張って高貴な人間たちを睨みつけた。ここまで来たら後には引けない。

「陛下、奴を拷問して鉞の在処を吐かせますか？」

　重鎮の一人が進言する。昂明はじっと硝飛を直視していたが、やがておもしろそうに声を上げて笑った。

「よい、どうせ奴はすぐに処刑される身。拷問なんぞしても最後まで吐かぬであろう。明後日には自ら世迷い言を口走ると申しておるのじゃ、放っておけ」

　昂明は実におもしろい余興であったと、硝飛を皮肉に褒め称え踵を返した。

「李硝飛よ。そなたがなにを吠えようが余は構わぬ。あの島のものは全て余のものじゃ。

快楽の方向がどこへ向かおうと、それは所有者の自由であろう?」

小馬鹿にしたように微笑み、皇帝は去っていく。彼は人間狩りのことを暗に認めた。そして少しも良心の呵責を感じてはいない。硝飛は殺された女官たちが不憫で唇を噛みしめた。明蘭皇太后も一瞬だけ硝飛に目をやり、すぐに旬苑を促して前庭を去っていった。

「立てよ、林迅」

硝飛は林迅の腕を取って立ち上がらせた。

「跪かせて、ごめんな」

「お前が謝ることじゃないだろう」

「そうだけど……いろいろと俺に付き合わせちゃってるし」

「構わない。それより、鉞の在処がわかったというのは本当か?」

「……」

硝飛は林迅を正視した。力強く頷くと、林迅は「わかった」とだけ返してくれた。深くは追求してこないその態度に安堵していると、二人は武官たちに無理やり引き離されてしまった。

「林迅!」

硝飛たちはそのまま引きずられるように連行される。自分の策略には自信を持っているが、不安がないわけではない。下手をすれば林迅とは今生の別れになるかもしれないと辛くなり、硝飛は何度も林迅の名を呼んだ。

林迅はそんな硝飛を真摯に見つめて、一言だけ告げた。

「最後まで己を信じていろ」と……。


処刑されるまでの間、二人は隣あった牢に入れられることになった。

硝飛は再び舞い戻ってきた地下牢の寝台に仰向けに寝転がり、天井を見上げたままコンコンッと横の壁を叩いてみた。小さく壁を叩き返す音が聞こえ、硝飛は隣から林迅の気配を感じて安心した。

思わず、林迅が買ってくれた佩玉に触れる。並んで飛ぶ二匹の蝶が、まるで林迅と自分のようだ。

硝飛はゴロンッと寝返りを打った。牢に入れられてから、だいぶ時間がたっている。もう、日もとっぷりと暮れただろう。

今のところ、硝飛の思惑通りに事は進んでいる。明後日の処刑までに、もう一波乱起こるはずだ。起こらなければ、完全に計画は詰んでしまう。

いろいろと憂慮しながら瞳を閉じたその時だった。カチャリと小さな音を立てて、牢の鍵が開いた。

（来た！）

足音を忍ばせて、何者かが近づいてくる。

硝飛は飛び起きたい衝動を堪えて、じっと寝台の上で待った。標的の狸寝入りに気づいていない侵入者は、そっと枕元に忍び寄ってきた。

間髪容れず、何かを振りかぶる音が聞こえたので、硝飛はとっさに身体を壁側に転がした。狙いを外した剣が薄い寝具の上に深々と刺さる。

「誰だ！」

誰何の声を上げると、侵入者は大きく舌打ちをして牢から逃げようとした。

「硝飛、どうした。曲者か!?」

折良く松明を持った浩然が、牢内に飛び込んできた。

「浩然兄！」

浩然は硝飛の頼みを聞き、処刑までの間ちゃんと牢を見張ってくれていたのだ。ありがたく感じながら、硝飛は叫んだ。

「浩然兄！　奴の顔を照らして！」

影になっている侵入者の顔を指さすと、浩然は皮膚が焼けるほど近くに松明を近づけた。煌々と明るい火に照らされ、曲者の顔が露になる。その正体を確認した浩然はあまりのことに言葉を失った。

「……流安寧(あんねい)……宰相(さいしょう)？」

そう、わざわざ処刑前に硝飛を暗殺しようとした犯人は、国の摂政(せっしょう)を担う龍貴国の権力者、宰相流安寧だった。

2

浩然によって捕らえられた流安寧は、夜が明けたと同時に昂明皇帝の前に引き立てられた。急遽(きゅうきょ)呼び集められたのは昨日と同じ重鎮たちだ。

皆の疑惑が流安寧に注がれる中、硝飛と林迅も牢から出され、改めて詮議が始まった。

「流安寧よ。余は李硝飛を公開処刑にすると申したはずじゃ。そなたは余の命に背き何をしておるのじゃ」

「……それは」

流安寧は真っ白になって血が出るほど唇を噛みしめている。昂明は安寧の横で大人しくしている硝飛を一瞥(いちべつ)した。

「なんとも奇妙なことよ」

「そなた、流宰相を罠(わな)にかけおったな」

昂明帝はよく頭が回るようだ。昨日からの硝飛の行動と今回の結果をすぐに結びつけてしまった。

「……私は宮廷内のネズミをあぶり出したかっただけですよ」

「己の命を盾にしてか」

硝飛がわざわざ処刑前に全てを告白すると言ったのは、香寿（こうじゅ）たちを操った者の正体を暴くためだった。中央の命令に背いてまで暗躍している人間は、皇帝の宝具の在処が公（おおやけ）になっては困る者だ。硝飛が宝具の在処を公にすると宣言しておけば、暗躍者は必ず処刑までに硝飛の命を奪いに来ると踏んでいた。だから、わざわざ浩然に地下牢を見張っていてもらったのだ。中央側の人間に捕まえてもらえれば、十分な証拠になるからだ。

硝飛が浩然に目配せをして謝意を示していると、青白い顔で明蘭皇太后が口を開いた。

「李硝飛、そなた本物の宝具の在処を知っておると申しておったな？」

心なしか明蘭の声が掠（かす）れているのは気のせいではないだろう。

「その言葉はまことか？」

「はい」

硝飛は皇太后をまっすぐに見つめて答えた。

「ならば、鉞をすり替えたかもしれぬ犯人の正体も知っておろう？　まさか、この流安寧だと申すのか？」

なぜか皇太后の赤い唇が震えている。

「いいえ」

硝飛はきっぱりと首を横に振った。

「鉞をすり替えたのは、流宰相ではありません」

「ならば、誰だと申すのだ！」

業を煮やしたのか皇太后が怒鳴った。ピリッと凍った空気にも屈せず、硝飛はスッと手を上げてまっすぐに一方向を指さした。

「皇帝の宝具である鉞をすり替えたのは、礼部の尚書汪界円殿です」

「――っ！」

一同は仰天して界円を見た。当の本人は観念したのか、静かに目を閉じている。

「硝飛」

ここで初めて、林迅が硝飛を諫めた。やはりいくら硝飛でも義父の正義については譲れないらしい。それでも硝飛は怯まない。

「林迅、俺は言ったよな。一回お前が信じている者を全て捨てて、俺だけを信じてくれって」

「……」

林迅は苦しそうに眉を寄せる。苦渋に歪む美貌を見ていられず、硝飛は目を逸らした。

「汪界円、まことなのか？　まことにお主が鉞をすり替えたのか！　なんとか申せ！」

昂明皇帝が界円を詰問する。汪界円はゆっくりと瞳を開き、自ら膝をついた。

「まことでございます陛下。十年ほど前、宝物殿から鉞を持ち出したのは私でございます」

「なぜそのようなことを！」

「……それは」

汪界円は口ごもる。硝飛はおもむろに采雪を呼んだ。硝飛に憑依していた采雪は、見知らぬ者たちの前に引っ張り出されても、どこか凛として怯えなどは見せなかった。

急に幽鬼が現れたので、一同は悲鳴を上げて身構える。だが、明蘭皇太后だけは反応が違った。

「そ、そなたは……！」

まるでかつての仇敵に会ったかのように、皇太后は驚愕している。それを見て硝飛はようやく全てのことに確信を得た。

「この采雪は、この世に未練を残して命を落とし、私を魂縛した幽鬼です。彼女の思い残しは皇帝の鉞をすり替えたこと……」

「なんじゃと？　こやつが宝具を？　界円がすり替えたのではないのか⁉」

明蘭の顔が紙のように白くなる。

「たぶん、真実はこうでしょう。汪尚書が宝物殿にある宝具を偽物とすり替えた。本物の鉞は宮廷外に持ち出され、彼女のもとに預けられたのです」

「――ど、どういうことだ？」

「――そもそも、この幽鬼は何者なんだ！」

　動揺した重鎮たちが、皇帝の許しも得ず口々に騒ぎ出した。

「だいたい、この女が陛下の宝具を預かったというなら、本物は今どこにあるのだ！」

「本物の宝具なら、すでに皆様方の眼前に」

「なに？」

　皆が訝しげにお互いを見回す。

　汪界円が「やめよ！」と一喝したが硝飛は聞かず、端に控えている流白蓮を指さした。

彼は硝飛と林迅の宝具を持っていた。没収されたので二人の宝具は主の手から離されたままだ。

「本物の皇帝の宝具は、あそこにある倭刀！　汪林迅殿の宝具で間違いありません」

　硝飛の言葉に、一瞬で正殿内が静まり返った。

「何を言っているんだ」

　誰よりも早く低い声でそう言ったのは、界円でも皇族連中でもなかった。

　汪林迅は硝飛の腕を摑んで震える瞼を懸命に開いて硝飛を見据えた。透き通った硝飛の瞳に濁りはまったくない。林迅がぎこちなく界円に視線を移すと、界円は唇を噛んでただ静かに頷いた。

「――っ！」

信頼さえ超えた衝撃を隠せない林迅の手を腕からそっと離し、硝飛は大股で白蓮に歩み寄った。唖然としている白蓮から簡単に倭刀を取り戻したが、彼は奪い返そうとはしなかった。正直、今はそれどころではないのだろう。なにせ、実の父が皇帝や重鎮たちに囲まれて詮議を受けているのだから。

硝飛は倭刀を林迅に突きつけた。

「林迅、龍貴国一の宝具師である俺が断言する。お前の倭刀こそ、初代龍耀帝の神気が宿った皇帝の宝具だ！」

「……」

愕然として、林迅はその場に立ち尽くす。

一連の出来事を見ていた昂明はわずかにわなないた。

「元々宝具は鉞だった。それが倭刀に化けたと申すのか？　証拠はあるのか!?」

「証拠ならここに」

硝飛は懐から采雪の義眼を取り出した。

「なんじゃ、それは！」

「この硝子の義眼は生まれつき右目がなかった采雪に、汪尚書が贈ったものです。この義眼は宝具で、采雪の記憶を封じ込めたもの。これを解放すれば、鉞が倭刀になった理由もわかるはずです。……そして、この汪林迅がなぜ、倭刀に主と認められたのかも……！」

林迅は酷く動揺していた。硝飛はあえて林迅を見ず、きゅっと唇を結んだ。大きく息を吐き出し、意を決したように采雪に近づく。

「采雪。お前の魂魄をこの義眼に戻してもいいか？」

采雪はわずかに眉を寄せた。彼女の苦渋を感じとり、硝飛は慈愛に満ちた眼差しでその美しい顔を覗き込んだ。

「迷う必要はない。お前の残した悔いがここにある。それを解放して楽になろう？」

「……」

采雪はそれでも首を縦には振らなかった。すると、そんな采雪の様子を見た汪界円が腹をくくったように目尻を下げた。

「采雪……もうよい。そのような姿になってまで、そなたには苦労をかけたな」

采雪の身体がビクリと震えた。彼女には記憶はないはずだが、それでも何か感じるものがあるのか界円を凝視した。

『この義眼を解放すれば、わからないことがなくなるのですか？』

「必ずなくなる。もしも足らぬことがあれば私が語ろう。そなたの数奇な半生を……」

『私の半生……』

采雪はようやく覚悟を決めたのか、瞳に強い光を宿して汪界円に一歩一歩近づいた。硝飛は界円に義眼を渡す。

「汪尚書、お願いします」

「心得た」

　義眼を受け取った界円は、生者の宝具の魂(たま)入れと同じように、采雪の魂魄を小さな玉の中に招き入れた。

3

　時は先代の皇帝、彩澄明(さいちょうめい)の時代。国は賢帝によって統治され、人々は穏やかで豊かな暮らしを享受(きょうじゅ)していた。

　それは華郭島でも例外ではなく、女官たちはいつ来るとも知れぬ皇帝陛下を待ちながら平和に贅沢(ぜいたく)を謳歌(おうか)していた。そんな彼女たちを唯一苦しめていたのは、島に出没する六人の女官の幽鬼だ。

　先代の皇帝により無残に殺された女官たちの幽鬼は、この島で暮らす者を嫉(ねた)み恨み、頻(ひん)繁(ぱん)に出没しては人々に恐怖を与えていた。

　それを聞きつけた澄明皇帝は、島に出没する幽鬼を鎮(しず)めるために中央から覡(かんなぎ)、汪界円を派遣した。

そして、歯車は大きく回り始める。

島に渡った汪界円は、眼帯でさえも己の美へと変えてしまう一人の美しい女官に心を奪われた。心を奪われたと言っても、女性として見初めたわけではない。彼女の内に宿る高い霊力に強く心を惹かれたのだ。

界円は、霊力が高い彼女をこのまま島に閉じ込めておくのはもったいないと感じた。それゆえ、己の地位を捨てる覚悟で澄明皇帝に進言したのだ。

『華郭島は陛下のための島。そこから女官を連れ出すなど万死に値する行為だと心得ております。さりとて、彼女の霊力はやがて陛下のお力にもなりましょう。ぜひ、この采雪を私に預けていただき、覡の修行をさせていただきたいのです。陛下のお許しが出ればすぐにでも島を出て彼女を中央へと招き入れましょう』

界円の文に、皇帝はすぐに返事をよこした。『許可する』と……。

島から解放されると知り喜ぶ采雪に、界円は義眼を贈った。実はこの時はまだ義眼は宝具ではなかった。ただ、宮廷で働くための見栄えとして贈ったものだ。彼女はそのおかげで生まれて初めて人前で眼帯を外すことができた。

汪界円の導きにより中央に招かれた采雪は、それはよく働き懸命に修行をした。覡候補としての力をめきめきと発揮し、将来は界円の右腕になるだろうと期待されていた。

しかし、運命は采雪に優しくなかった。

たまたま采雪を目にした澄明皇帝が、彼女を見初めてしまったのだ。

あまり色事が好きではない澄明皇帝ではあったが、彼は初めて女人に対してのわがままを通した。采雪は汪界円のもとから離され、後宮に入れられたのだ。再び籠の中の鳥となった采雪は、泣く泣く己の運命を受け入れ澄明皇帝の子を身籠もった。

しかし、その直後、彼女の懐妊をよく思わない人物によって采雪は暗殺されそうになる。彼女に刺客を放ったのは、明蘭皇后だった。

このままここにいては、お腹の子ともども殺されてしまう。

身の危険を感じた采雪は、身重の身体で後宮を脱出した。汪界円の助けを借り、外壁の居住区へと身を寄せた采雪は、そこで一人の男児を産む。

生まれた子が男児だったことで、采雪と子供の命はさらに危険になった。そこで汪界円は生まれた子をすぐに最も信頼の置ける知己である硝飛の父へと預けたのだ。そして、采雪には男装してこの地を離れ、道士として修行をつむように勧めた。

宙に浮いた硝子の義眼が見せる采雪の記憶は、正殿内にいる者全員の血の気を奪った。

これは、龍貴国全体を揺るがしかねない重大な事実だ。

林迅はただ呆然と立ち尽くしている。己の出生の秘密を、まさかこんな形で知ることになるとは思ってもいなかった。

自分は居住区に捨てられていた哀れな赤子。父も母もいない。生きていく上での核となるものは何もないのだとそう信じていた。なのに、自分は目の前の幽鬼、采雪の子であり、あろうことか先代皇帝の落とし胤だったというのか。

処理できない事実に脳が拒否反応を起こしていた。

倭刀を握る手が汗ばむ。

もし、この倭刀が元々皇帝の宝具だというのなら、己の魂魄を入れてしまって本当によかったのだろうか。

倭刀が林迅を主として認め共鳴を果たしたとなると、林迅の身体の中には紛れもなく皇族の血が流れていることになる。まさか、硝飛はそこまで考えて華郭島で魂入れを行わせたのか。

映像はさらに進む。そこには男装をして道士となった采雪の姿があった。

それを見て、林迅も硝飛も絶句する。

彼……いや、彼女こそ、幼い硝飛を川の幽鬼から救い、林迅に倭刀を預けた道士その人だったからだ。

「あの道士は男だとばかり思ってた……女の人だったんだな」

硝飛がポツリと呟く。

硝子の義眼は、見る者の動揺をよそに、さらに采雪の半生を映し続けた。

採雪が道士に扮し城都を離れた数年後のことだった。恩のある汪界円から救いを求める文が届いた。我が子になにかあったのではないかと急いで城都に戻った采雪は、界円と居住区でひっそりと落ち合った。そこで、彼女は激しく震撼することになる。

『数日前、澄明皇帝が亡くなられた』

それは、まだ国民には知らされていない事実だった。

『澄明皇帝は死の間際に私にこう告げられた。宝具を隠せと……』

『宝具を？　なぜですか？』

『澄明皇帝を殺したのが昂明皇太子だからだ』

『――っ！』

正殿内は一気に騒然となった。自分たちは今何を見せられているのか。理解が追いつかない。

それでも、義眼を壊せと言う者は一人もいなかった。

『昂明皇太子とは、明蘭皇后がお産みになったお子様ですよね？　そのような方がなぜ？　まだ六歳になったばかりの子供ではありませんか』

『あの方は子供ながらに人格に深い闇を抱えておられる。猫を殺し、動物を残虐に弄び最後にはバラバラにして殺す！　あの方の気まぐれで首をはねられた側近も数人いる。そして、今度はとうとう……』

『実の父を手にかけたというのですか？』

『わからぬ。はっきりとした証拠はない。だが、陛下が亡くなる直前に私に仰ったのだ。あれは人ではないと！　自分は毒を盛られた。昂明にけっして宝具を渡してはならぬ。もし、あれが玉座につくことがあれば、この国は滅びると！』

『そんな……』

虫の息の中、必死に言い残した皇帝の遺言を、界円はきかぬわけにはいかなかった。

『私はあの幼子が恐ろしい！　陛下の遺言を実行せねば一生後悔することになると思うのだ』

界円はすでに本物とすり替えていた鉞を采雪へ渡した。

『これこそ龍貴国皇帝の証となる宝具だ。この鉞を隠し守ってほしい！』

それは、界円の切なる願いだった。采雪は躊躇したものの、引き受けざるをえなかった。いつか、宝具の真実が明るみに出た時、界円はただではすまないだろう。きっと、彼には自分しか味方がいないのだ。こんなこと誰にも相談できるわけがないのだから。

采雪は鉞を隠すため華郭島へ渡る決心をした。あそこは人の出入りが少ない孤島だ。しかも、自分はあの島に詳しい。隠すなら華郭島しかないと思った。

界円は采雪が元々持っていた宝具から魂魄を抜き、硝子の義眼を彼女の新たな宝具へと変えた。采雪に万が一のことがあった時は、この義眼が全てを記憶する。それは宝具の在処をこの世に残すためだった。そう、界円は采雪の危険を承知で鉞を託したのだ。

采雪は急ぎ華郭島へ渡ろうとした。——が、その直前に運命の歯車がまた回った。

采雪の決意を変えたのは、川で幽鬼に襲われた硝飛を懸命に救おうとした我が子林迅の姿だった。

一目だけでもと林迅を見に李家へと足を運んだのが間違いだったのかもしれない。ただ、遠目からその姿を見るだけでよかった。なのに、自分の血を引く小さな少年は母の心をどこまでも魅了した。

友のためなら自分の命も惜しまない勇敢さと健気さ。それは彼が持つ天性に違いない。そして、思ったのだ。この宝具は誰にこそふさわしいのだろう……と。

采雪はすぐに華郭島に渡るのをやめた。そして、あろうことか、硝飛の父、李朱廉(しゅれん)に鉞を預けてしまったのだ。

この鉞を鋼(はがね)に戻し、倭刀へ変えてくれと頼んで……。

「なんたることだ！」

正殿内で誰かが叫んだ。六百年もの間、護り受け継いできた鉞が、たった一人の女人のせいで、倭刀へと姿を変えてしまったのだ。嘆かずにはいられなかったのだろう。

「父さんが、鉞を倭刀へ変えたのか……」

鋼の寿命などいっさい感じさせない立派な倭刀に仕上がっているので、そんじょそこらの鍛冶屋が手を加えたのではないと思っていたが、まさか父の仕事だったとは。

幼い頃、鬼気迫る表情で鋼を打っていた父の姿を思い出し、硝飛は納得した。

当代きっての宝具師がいてこその鉞から倭刀への変形だったのだ。

最初は硝飛の父も悩んだに違いない。だが、彼もまた誰がこの宝具にふさわしいのかをちゃんと見極めたのだ。

「どうりで、前皇帝の魂魄の欠片が残ってないと思ったんだ」

硝飛は愛おしいものを見るように林迅の倭刀を見つめた。華郭島で倭刀を調べた時、龍耀帝の神気は感じたが、前皇帝の魂魄の欠片は残っていなかった。父が倭刀に変える際に打ち払っていたのだろう。だからこそ、林迅はすんなりと自分の魂入れを行うことができたのだ。

「……」

昂明帝は無言で林迅を睨みつけている。この記憶が本当なら、林迅は昂明の兄ということになる。そして、本物の宝具をすでに受け継いだ者だ。

人知れず、昂明は腰の剣の柄を握った。近くにいる者は皆、義眼の記憶に夢中で昂明の殺気に気がついていない。じりじりと昂明が林迅に近づいている間も、映像は人々を釘付けにした。

鉞を倭刀へと変えた采雪は、出来上がったばかりの倭刀を林迅に預けた。一人の道士として、少年の明瞭な心を見込んだふりをして……。

そして、自分は数年ぶりに男装をとき、華郭島へと戻る決心をした。このまま道士として放浪していてもよかったのだが、運悪く流行病にかかってしまったのだ。自分の死期を悟り、采雪は一計を案じた。自分には全てを記憶しているこの義眼がある。万が一にも誰かに記憶を解放されるわけにはいかない。

采雪は一人、閉ざされた島である華郭島へと向かった。あそこなら、人知れず死ねる場所があることを知っている。

島の知己月春は、舞い戻った采雪を喜んで迎えてくれたが、彼女もまた同時期に重い流行病にかかっており、やがて息を引きとった。その時、采雪は思ったのだ。

月春の棺の中に共に入り、密かに埋葬されてしまえば、義眼は永久に誰の手にも渡らない。皇帝の宝具の秘密はこれで必ず守られるはずだと……。

采雪が葬儀の直前に月春の棺の中に忍び込み、己の胸に短刀を突き立てた瞬間、硝子の義眼は弾けるように割れて周囲に飛び散った。同時に、消えていた采雪の記憶が全て彼女の中に蘇る。

『あ、ああ……』

采雪は口を手で覆い、林迅にふらふらと近づいた。

『私の子……林迅、あなたは私の子……』

采雪が林迅の腕の中に倒れ込んだ。

『私の勝手で、あなたにとんでもない重荷を背負わせてしまった。だけど、あの時の私はそうすることが一番良いのだと信じていた……。あなたは誰よりも皇帝の宝具にふさわしい者だと……林迅、林迅……！』

「……」

林迅はじっと采雪を見つめている。戸惑いが目に浮かんでいた。彼女が自分の母だとすぐには信じられないようだ。

「……前代未聞だ」

重鎮の一人が小さく呻いた。

「……この話が本当ならば、いろいろと審議が必要ですぞ」

「まず、あの倭刀を調べねばなりますまい。本当に龍耀帝の神気が宿っているのならば、妄言だなんだといってすまされることではない……」

「そもそも、幼い昂明帝が先代の澄明皇帝を毒殺したというのは真実なのか？」

「まことなら、立派な反逆罪だ」

「とはいえ、証拠はありますまい」

冷ややかな視線が一斉に昂明へと向く。彼らの中にも昂明の残酷な闇に気がついている者は多数いる。ありえないことだと庇う者は誰もいなかった。

「なんだ、その目は……。この場で不届きな発言をした者は、みな命がないと思え！」

昂明が咆哮を上げた。その直後、彼は剣を抜き、突然林迅に襲いかかった。

「おのれ、汪林迅！」

とっさに鞘に入った倭刀で切っ先を受け止めた林迅は、昂明と睨み合う。

「貴様が余の兄だと？　笑わせるな。その倭刀をよこせ！　余こそ、初代龍耀帝の血を引く者ぞ！　宝具は余にこそふさわしい！」

強引に、昂明が林迅から倭刀を奪おうとした――刹那、爆音と共に倭刀が光を放った。

「ぎゃああ！」

倭刀に目を焼かれた昂明は、玉座まで吹き飛んだ。それは、まるで倭刀が憤怒と共に意志を持って昂明を拒絶したようだった。

「こ、昂明っ！」

「陛下っ！」

明蘭皇太后と宰相の流安寧が我を失って昂明に駆け寄る。倭刀を掴んだ昂明の左腕が無残にももがれているのを見て、明蘭が金切り声を上げた。

「昂明！　昂明！　しっかりして！　ああ、どうしてこんなことに！」

「陛下、気をしっかり持ってください！　誰か、陛下を助けてくれ！　止血を！」

気を失っている昂明にすがりつく二人に、硝飛は難しい顔で両腕を組んだ。

「矛盾(むじゅん)は消え、残るは真実のみ……か」

「――ど、どういうことだ？」

兄の惨状に青ざめ、旬苑が全身を震わせる。昂明のもとに行けばいいのか、はたまた林迅のもとに行けばいいのか迷っているようだった。

硝飛は心細そうな旬苑に、確信を持って答えた。

「昂明帝は、初代龍耀帝の血を引いていないということですよ、殿下」

「な、なんだと!?　まさか……そんな……！」

「昂明帝は資格もないのに、林迅から倭刀を奪おうとした。我こそが主だと強く主張して。だから、龍耀帝の神気が昂明帝を拒絶したのです。おそらく、昂明帝は、先代の澄明帝の子ではないのでしょう」

「――っ！」

「——貴様、言うにことかいて、さすがに不敬がすぎるぞ！」

重鎮たちからとりあえずの非難が上がるが、誰も本気で硝飛を責めているわけではなかった。

硝飛はフンッと鼻を鳴らす。

「なぜ、流安寧宰相が暗躍し、俺たちの命を狙ったのか。それは、本物の宝具が公になっては困るからだ。では、なぜ宝具が公になっては困るのか？」

「そ、それは……」

「成人の儀を本物の宝具で行わせたくなかったことにほかならない。だから、昂明帝の勅命に逆らってまで、俺たちを泳がせ、宝具の在処がわかりかけたところで殺しにかかった。それしか考えられないだろ」

もはや、敬語を使うのもバカらしくなって、硝飛は肩をすくめた。

「だいたい、大切な皇帝の成人の儀に、若輩の宝具師を抜擢するなんておかしいと思ったんだ。失敗すればいいと思ってたんだろう！　いや、違うな。そもそも、あんたたちは鉞が偽物だとは知らなかった。だから、龍耀帝の血を引かない昂明帝が宝具を受け継げるはずがないと思っていた。そりゃ焦るよな。成人の儀はあんたたちにとって、乗り越えなきゃならない難題だったんだ。だから若くて未熟な宝具師をわざわざ任命した。宝具が昂明帝を受け入れないのは、この宝具師のせいだとね！　——あー、バカバカしい！　俺が宝具を偽物だと指摘してもしなくても、結局俺は最初から牢に入れられる運命だったんだ！ようは俺は見せしめ。次の宮廷宝具師に成人の儀を失敗すれば、お前も李硝飛のようになるぞって、暗に脅しをかけようとしたんだ！」

「硝飛……」

怒りを隠せない硝飛を林迅が落ち着かせる。

「ああ悪い。ちょっと我を失った。罠にかけられた俺も悪いんだ。だから宮廷宝具師なんかになりたくなかったんだよ。俺の直感もバカにならないよな」

ブツブツと文句を言っている硝飛をよそに、重鎮たちは皇太后と宰相を取り囲む。

「今の話はまことか、流安寧殿！　もしやそなたが、明蘭皇太后と不貞を働いておったのか！」

「皇太后、昂明帝は先代のお子ではないのか！　なんという裏切りだ！」

昂明を抱いていた明蘭は、重鎮たちに責められて、激しい奇声を発した。

「黙れ、黙れ！　だからなんだというのだ。昂明は私の子だ！　それ以上でもそれ以下でもないわ！」

「なんと、開き直られるのか！」

先代が生きていたらさぞ嘆かれることだろうと、重鎮たちは顔をしかめる。それを冷めた目で見ているのは硝飛だ。本当に、どうしてお偉いさんは文句ばかり達者で、行動が伴わないのだ。

「とりあえず、昂明殿の手当てをしてやれよ。そのままじゃ死んじまうぜ？」

そう言うと、明蘭は泣き喚いた。

「頼む！　頼むから、昂明を助けてくれ！　私はどうなってもいい。この子だけは……」

だが、誰も動こうとしない。昂明に良い印象を持っていない重鎮たちは、先代の血を引かぬ子ならば助ける価値がないと思っていた。

重鎮たちの手のひら返しに硝飛は呆れたが、皆の思惑を置いてスッと動いた者がいた。

汪界円が昂明の側に膝をついたのだ。手のひらを傷口に翳し、治癒の術を施しながら界円は言った。

「全ての責任は私にあります。私は、李朱廉から鉞を倭刀に変えたことを聞いていた。だが、自分の胸に秘め、鉞の在処を隠蔽したのです。皇帝の宝具はあるべき者のところにあるそれだけでよいのだと、根本的なところから目を逸らしていた。林迅を引き取ったのも、宝具と先代の血筋を守りたかったからです……。将来、林迅……いや、その地位さえ持たぬ皇太子殿下が、倭刀によって運命に振り回されることがないように、導いてやらねばならないと思っていました。しかし、私一人の勝手がこのように中央を騒がせ、なんの罪もない采雪を巻き込み、結局林迅殿下をも苦しませることになってしまった……。それでも私は、けっして宝具を昂明帝に受け継がせるわけにはいかなかったのです」

「義父上……」

「お許しください、殿下」

界円が林迅に向かって頭を下げたので、林迅は慌てた。

「頭をお上げください、義父上。今もあなたは私の義父に変わりはないのですから」

「……林迅」

徐々に、昂明の腕から流れる血が止まっていく。我が子の顔色が戻ってくるのを見て、明蘭がぼろぼろと涙をこぼした。

「恩に着ます。界円」

「失った腕は元には戻りません。ですが、血を止め傷口を塞ぐことはできる。……全てはそれからです」

先代皇帝の毒殺事件、明蘭と流安寧の不貞、宝具のすり替え、この全てをこれから一つ一つ詮議し、関わった者たちは皆、罪を償わなくてはならないだろう。昂明も皇帝の座から降ろされるに違いない。

そして、澄明皇帝の血を引き、真の宝具の継承者である汪林迅の待遇についても、これから大きく変わる。

硝飛は急に寂しくなって林迅を見つめた。

「もう、お前と気軽に話せなくなっちゃうのかな……。なんてったって、皇帝様だもんな」

何を考えているのか林迅は無言だ。また能面に戻ってしまったので、硝飛はふと思った。そういえば、あれだけ一緒にいたのに、林迅の笑顔が自分に向けられることはついに一度もなかったな……と。

終章　ふさわしいもの

　硝飛は静かに宮廷内の廟に入った。ここに入るのも数日ぶりだ。放置されていた鉞の偽物も、燃え盛ったままの炉も、全て綺麗に片付けられている。あんな大事件などなかったかのようにここは静かだ。

　本来なら、この場所は生涯の仕事場になるはずだったが、それももうないだろう。一度ぐらいここにある鍛冶道具でまともな宝具を造ってみたかったと思いながら、硝飛は金槌を手に取った。

　采雪の義眼が真実を暴いてから三日。ようやく宮廷内は落ち着きを取り戻していた。

　全てはこれからゆっくりと詮議が行われるだろう。とりあえずの処置としては、流安寧宰相は投獄、明蘭皇太后は蟄居を言い渡された。そして、昂明皇帝はいまだ昏睡状態の中にある。いつ目覚めるかはわからないが、いずれ彼は先代皇帝を暗殺した罪に問われることになるだろう。そして、林迅を目の敵にしていた流白蓮は父が投獄されるどさくさに紛れて姿を消した。父の反逆により流家は世家の資格を失う上に、林迅が皇族の血を

引く と知り、頭を垂れることに屈辱を感じたのかもしれない。なんにせよ、彼の行方は生死も含めてわかってはいない。

汪界円尚書については、先代の遺言という免罪符のおかげで、礼部の尚書に戻ることを許された。かなり寛大な処置と言える。

——そして……。

「おーい、采雪ー」

独り言のように采雪を呼ぶと、采雪はいつものように硝飛の中から姿を現した。

「そろそろ俺の魂縛を解いてくれない？」

わざとらしく小首を傾げてお願いすると、采雪はクスリと笑った。思えば常に憂いを帯びていた彼女の顔も、最近では晴れていることが多い。

不思議だが、真実を知った後では采雪の顔が林迅によく似ているような気がする。林迅は采雪似ということになるのだろうか。

『いざ離れるとなると寂しいものですね』

采雪が淡い笑みの中、本音を漏らす。硝飛も心から同意した。

「うん……。今思えばさ、あんたが本当に思い残してたことって、皇帝の宝具のすり替えじゃなくて、知らずに重い秘密を抱えている林迅のことだったんだろうな」

『そうだと思います……』

「そうだと思いますじゃねぇよ。思い残しを間違えられちゃ魂縛された方はたまったもんじゃないっての！」

『ごめんなさい……』

「まぁ、あんたには昔、命を救ってもらったからな。お互い様ってことにしといてやるよ」

『ありがとうございます』

硝飛が愛嬌（あいきょう）のある笑顔を浮かべると、采雪は楽しそうに笑った。記憶を取り戻した本来の彼女は、屈託のない笑顔をたくさん浮かべる女性だった。

『あなたには本当にお世話になりました』

采雪が頭を下げると、硝飛の身体（からだ）からふっと彼女の魂魄（こんぱく）の気配が消えた。

「お？」

どうやら魂縛が解けたらしい。思っていたよりも魂縛は身体に負担がかかっていたようで、枷（かせ）が外れた今はまるで背中に羽が生えたかのように軽い。

嬉（うれ）しくてグルグルと両腕を回していると、廟の出入り口から声がかかった。

「何をしている？」

入ってきたのは林迅だった。この三日間、彼はいろいろと忙しくしており、まともに話をするのは久しぶりだった。

「おー。林迅皇帝、ご機嫌はいかがですかー？」

「その呼び方はやめろ」

本気で嫌そうに拒否されて、硝飛は舌を出して肩をすくめた。

「……母上」

林迅はぎこちなく采雪に目をやった。采雪は慈しむように目尻を下げる。

『あなたにはいろいろと苦労をかけましたね。私はずっとあなたと共にありたかった。けど、それは許されないことでした……』

「……」

『あなたを愛しています林迅。きっと、今後もその身に流れる血があなたを苦しめることもあるでしょう。許してくれとは言えないけれど、それでも、あなたのそのまっすぐな心があれば、きっと乗り越えられると信じています……』

采雪はそっと林迅を抱きしめた。林迅は無言で母の背中に片手を回した。それが彼の精一杯の返事だったのかもしれない。

「母上。硝飛の魂縛は解きましたか?」

采雪は微笑んだ。

『自分のことよりも硝飛を優先する癖は抜けないんですね』

「硝飛が死にかけているのに、黙って見ているわけにはいきませんから」

どこかで聞いたやりとりだなと思いながら、硝飛はポリポリと頬を掻いた。

嬉しいが、直球が過ぎると言われた方はいたたまれないのだ。

「お前、俺のこと本当は大好きだろう。だったら、一度くらい笑ってみせろよ」

照れ隠しで憎まれ口を叩くが、硝飛の頬はピクリとも動かない。それどころか完全に無視された。彼の内側に入れば笑顔が見られると思っていたが、そうではないのだろうか。

まったく、わけのわからない奴だ。

唇を尖らせて親子を薄目で見ていると、采雪は林迅の頬を軽くつねって赤子のように愛しんだ。そして硝飛に向かって深々と頭を下げる。

「冥府へ行くのか？」

『ええ。もう思い残すことはないですし、林迅のことは心配いらないとわかりましたから』

「そうか……。元気で……って言うのもおかしな話だよな」

彼女が冥府に行くのは喜ぶべきことなのだが、やはり別れは辛い。

「ほら、林迅もなにか言えって」

硝飛が急かすと、林迅は神妙に「母上、産んでくださってありがとうございました」と丁寧に拱手した。情緒もなにもあったものじゃないが、これも林迅らしい。

采雪はもう一度林迅を抱きしめて、ゆっくりと離れた。

『林迅、愛しい子……。どうか、元気で……』

そう言い残し、采雪は薄れていく身体で宙へと上がっていった。だんだんと采雪の姿が見えなくなる。やがて完全に消えてしまったので、硝飛は必死で目を凝らした。

もう少し彼女にしてあげられることはなかっただろうかと考えるが、所詮は死者と生者だ。自分たちにできることは限られている。

彼女が満足して行ったのなら、これでいいのだろう。

「――さて……と、采雪も冥府に行ったことだし、俺も帰ろうかな……」

一件落着とばかりに硝飛が身体を伸ばすと、林迅は訝しげな表情を浮かべた。

「帰るとはどこに」

「えー。俺の家に決まってるだろ。もう俺は宮廷宝具師でもないし、囚人でもなくなったんだから、いつまでも宮廷にいる意味はないしな」

「家に帰ってどうするんだ？」

「ん？　そうだなぁ。居住区で細々と宝具師を続けるか、あるいは旅にでも出てみるかな」

「旅？」

林迅は片眉どころか両眉を上げて驚いてる。なぜか責められている気分になり、硝飛はしどろもどろになった。

「あ、いや。お前と畔南や華郭島に行ったりして城都以外のものをたくさん見ただろ？案外楽しかったんだよな。放浪の宝具師ってのも悪くな……」

最後まで言い終わらないうちに、林迅はいきなり硝飛の右腕を摑んだ。

「――え？」

戸惑う暇もなく、林迅は強引に硝飛を廟から引きずり出した。

「ちょ！　どこに行くんだよ！」

「旬苑殿下のもとだ」

「はぁ？　なんで！　もう俺は宮廷宝具師じゃないんだから、暇を願う必要はないだろ！」

「お前にはなくても俺にはある」

「どういう意味!?」

本当にどういう意味だ。混乱しすぎてあらがえずにいると、林迅はとうとう硝飛を連れて旬苑の居室に乗り込んでしまった。

「旬苑殿下！」

偶然汪界円と共にいた旬苑は、扉を蹴破らんばかりに入ってきた林迅に目を丸くした。

「兄上、どうしたのですか、なにかあったのですか？」

すっかり林迅を兄と認めている旬苑は、丁寧に林迅に尋ねる。林迅は素早く腰の倭刀を抜き、旬苑に差し出した。

「宝具をお返しいたします。旬苑殿下」

「――はっ？」

マヌケな声を上げたのは旬苑ではなく硝飛だった。界円も手にしていた書物を思わず落としている。きっと、旬苑と今後のことについて話し合っていたに違いない。だが、もはやそれどころではなくなっていた。

今いったいなにが起こっているのか。林迅以外は誰も把握できていない。

「ど、どうしてですか。兄上、自分の仰っている意味がわかっていますか?」

「熟慮した上でのことです。私はこの宝具にふさわしくありません」

「なぜですか、兄上!」

兄弟のやりとりに、硝飛は界円と顔を見合わせた。林迅はとうとう己の持論を述べる。

「私は宮廷の外で生まれ、己の出自も知らず、皇帝になるべく教育も受けてはいない。いくら宝具に認められたとはいえ、龍耀帝の血が入っているだけで皇帝の座にはつけません。本当にこの倭刀にふさわしいのはあなたです。旬苑殿下」

「あ、兄上……」

「――林迅、お前本気で言ってるのか?」

あまりのことに硝飛はあたふたしたが、林迅の言うことにも一理あると思う自分もどこかにいた。林迅は思慮深く聡明だが、皇帝となるとまた違う才覚も必要になってくる。

呆気にとられる一同を説得するように、林迅は続ける。

「私の存在は、重鎮たちにも受け入れがたいものでしょう。もっと下の者は私のことを知らぬ者もいる。民衆も突如出てきた落とし子が玉座につくのは納得がいかないかもしれない。ですが、あなたならばきっと民も支持を示すでしょう」

「……」

ただただ驚いていた旬苑の目が潤んだ。

「兄上はそれでよいのですか？」

「良いも悪いもない。そもそも私は玉座にはつけないのです。なにしろ、硝飛が旅に出ると戯けたことを申しておりますので、私も共に参らねばなりません」

「──なんでだよ！」

「──なにを言っておるのだ！」

硝飛と界円の声が不覚にも揃う。

戯けはどっちだ。使命感満々でなにを言っているのだ、この能面は。

「共に行くのはダメなのか？」

林迅に本気で尋ねられ、硝飛は言葉に詰まった。

捨てられた犬のような目に見えるのは気のせいか。

「いや、あのな。たとえ皇帝にならなくても、お前はこの龍貴国の皇族になるんだからさ……」

「だからこそだ」

「え？」

「この身体に、前皇帝の血が流れているからこそ、俺はここにはいられないんだ。俺の存在は宮廷内にも国にも混乱をもたらすだけだ」

「そ、そうかもしれないけど……」

「お前が共に行かないというなら、俺は一人でもここを出て行く」

「どうしてそうなるんだ！　一人で行かせられるわけがないだろ！　どうしても出て行くって言うなら、俺もついて行くよ！　――あっ……」

喚いていた硝飛は、己がとんでもないことを口走ったことに気がついて、口を片手で覆った。

信じられぬことに、林迅の口角がゆっくりと曲がっていく。それは、自分に向けられた初めての笑みだった。ただし、いつか旬苑に向けていたような柔らかい微笑ではない。我が意を得たりとばかりの嫌な笑顔だ。

そして、硝飛はようやく気づいた。

嵌められた……と。

「――旬苑殿下、硝飛殿もこのように申しております。我々の暇をお許しください。私はこの宝具をあなたにお返しし、いつか義父上をもしのぐ覡としての力をつけここへ戻って参ります。その時、一臣下としてあなたをお支えしたいのです」

「……」

　旬苑は林迅が真に求めていたことを悟り、じっと倭刀を見つめた。

「私は本当に龍耀帝の血を引いているのでしょうか。もしや昂明兄上のように……と疑う者もいるかもしれません」

　旬苑は不安そうだ。己の出自への疑念は林迅にもわかるのか、彼はゆっくりと首を振った。

「私はあなたが先代澄明帝の御子息だと信じております。うまくは言えませんが、宝具とこの身体に流れる血がそう確信させるのかもしれません」

「兄上……」

　旬苑はどこか安心したように顔を綻ばせた。

「いつの日かお二人とも戻ってきてくれるのですね？　……兄上と硝飛が私を支えてくれると申すのですね？」

「ご迷惑でなければ」

　硝飛は呆然と成り行きを見つめていたが、やがて奥歯を嚙んで天井を見上げた。

　やられた……。もう前言撤回はできない。

「嬉しいです。兄上」

　旬苑はそっと林迅の手に触れた。

「ですが兄上。その宝具は私にはまだ早すぎます。私は成人も迎えていない未熟者です。

この倭刀を握る資格はありません」

「旬苑殿下」

「この宝具が皇帝の証だというのなら、私がそれにふさわしく成長するその日まであなたにお預けしたい。どうか、あなたの聡明な思慮と、その強い霊力をもって宝具をお守りください。その日まで倭刀の主はあなたです、兄上」

「……」

「——林迅、旬苑殿下たっての願いであるぞ」

　黙って聞いていられなくなったのか、界円が口を挟んだ。

「一度引き継いだ宝具はそうおいそれとは主を変えられぬ。そなたが亡くなれば魂魄の欠片を打ち払うことも簡単にできるが、生者であるうちはたやすいことではない。倭刀が自ら旬苑殿下を主と認めねば叶わぬことだ。……そなたが玉座につかぬのならば、その倭刀は今この中央にない方がよいのかもしれぬ。いらぬ火種を生みかねん」

「……はい」

「だが、幸いなことに殿下は聡明でいらっしゃる。いつかきっと宝具を受け継げる日もこよう。それまで倭刀の主はそなただ、林迅」

「義父上……」

　界円はすがるように林迅に頭を下げた。

「宝具を頼む、林迅。過酷な試練かもしれぬが、宝具を守れる者はそなたしかおらぬのだ」

「私に頭を下げるのはおやめください。義父上！」

「まだ私を義父と思ってくれているのなら、願いを受け入れてはくれぬか」

林迅はしばらく黙考していたが、旬苑まで頭を下げたので慌てて倭刀を下げた。

「……承知いたしました。宝具は私が命をかけてでもお守りいたします」

尊敬する義父と実弟のたっての願いを受け、林迅はようやく己の使命を受け入れた。

倭刀を腰に差した林迅に硝飛は胸を撫で下ろす。やはりあの倭刀は林迅の腰にあってこそ映える。

「李硝飛、くれぐれも兄上を頼むぞ」

「いや……俺は……」

この期に及んで言い淀む硝飛を、林迅がもの凄い目力で凝視する。圧がすごすぎて硝飛は怯んだ。もう、これは腹をくくるしかないと覚悟を決め、硝飛は旬苑殿下に向かって拱手した。

「殿下、微力ながら私も林迅と共に倭刀をお守りしたいと思います。しかし、この任をお受けするにあたって一つだけお願いがございます」

「願い？　なんだ、なんでも申してくれ」

「はっ、大変おこがましい進言ではございますが……。もし、この先旬苑殿下が華郭島にお渡りになる予定がないのでしたら、島の女官たちを自由にしていただきたいのです」

「華郭島の女官たちをか？」

「はい。あの島は先々代以降、公式に皇帝陛下のお渡りが一度もございません。そんな中、女人たちを一生閉じ込めておくのは酷でございます。加えて廟の地下にある遺骨も全て丁寧に埋葬していただきたい」

「ふむ……それもそうだな。私は中央の後宮だけで十分だ。島の女官たちが望むのならば善処いたそう。廟の地下の件もむろん、そうするつもりだ」

　旬苑は神妙に進言を受け入れた。彼は女人に対して強い執着を持っていないようだ。廟の地下の件についても、旬苑にだけは林迅が話していたので、硝飛が進言するまでもなかったらしい。彼は心根の優しいまともな人間だと、硝飛は安堵した。

「ありがとうございます」

　硝飛が深々と頭を下げると、林迅もそれにならった。

「――感謝いたします、殿下」

　二人とも、あえて香寿姉妹のことには触れなかった。彼女たちを罪に問う気はなかったからだ。あの二人なら、きっと今後も強かに生きていくだろう。茉央婆も華郭島の女官たちが解放されれば、今後死者を冒瀆するような悪事を働けなくなるはずだ。

　頭を上げ、チラリと横目で林迅を見るとバチッと目が合った。林迅はずっとこちらを見ていたらしい。鋭くも純粋な眼光で射貫かれると、居心地が悪くてしかたない。

（いや、だから、なんでずっとこっちを見てるんだよ！）

軽く睨（にら）んでやると、不意に林迅が柔らかな微笑を浮かべた。

「っ！」

それは、林迅が初めて硝飛に向けた優しい笑みだった。感情を解放した林迅の笑顔はこれほど破壊力があるものなのか。

硝飛は一気に毒気を抜かれて、軽く嘆息した。

（まぁ、いいか……）

彼がこうして笑ってくれるなら、苦楽を共にするのも悪くない。

ふと、硝飛の胸に一つの野望が湧いてきた。

父と界円が二人で一つの宝具師と覡だったように、自分たちも将来、お互い唯一無二の宝具師と覡になれたらいい。

それをただの夢にしないためにも、豪胆で我が強い隣の能面を誰よりも大切にしようと、硝飛は密（ひそ）かに誓った。

※この作品はフィクションです。実在の人物・団体・事件などにはいっさい関係ありません。

集英社オレンジ文庫をお買い上げいただき、ありがとうございます。
ご意見・ご感想をお待ちしております。

● あて先
〒101-8050　東京都千代田区一ツ橋2-5-10
集英社オレンジ文庫編集部 気付
希多美咲先生

龍貴国宝伝

蝶は宮廷に舞いおりる

集英社
オレンジ文庫

2022年2月23日　第1刷発行

著　者　希多美咲
発行者　北畠輝幸
発行所　株式会社集英社
〒101-8050東京都千代田区一ツ橋2-5-10
電話【編集部】03-3230-6352
【読者係】03-3230-6080
【販売部】03-3230-6393（書店専用）
印刷所　凸版印刷株式会社

造本には十分注意しておりますが、印刷・製本など製造上の不備がありましたら、お手数ですが小社「読者係」までご連絡ください。古書店、フリマアプリ、オークションサイト等で入手されたものは対応いたしかねますのでご了承ください。なお、本書の一部あるいは全部を無断で複写・複製することは、法律で認められた場合を除き、著作権の侵害となります。また、業者など、読者本人以外による本書のデジタル化は、いかなる場合でも一切認められませんのでご注意ください。

©MISAKI KITA 2022　Printed in Japan

ISBN 978-4-08-680434-9 C0193